Bordesholmer Edition
Band 28   2. Auflage 2017

Zum Buch

Zusammen mit ihren neun Geschwistern verbringt Lisbeth in ärmlichen Verhältnissen ihre ersten traurigen Kindheitsjahre in einem kleinen Ort bei von Belo Horizonte in Brasilien. Mit dreizehn entflieht sie der Familie, um den sexuellen Übergriffen ihres Bruder zu entgehen. Durch glückliche Fügung schafft sie es bis in die ersten Semester eines Marketingstudiums, entscheidet sich dann aber, verführt durch ihre eigene Schönheit und Begehrtheit, für ein leichtsinniges Leben als Tänzerin und Edelhure ...

Zur Autorin:

Lisa Olivia del Bosco ist identisch mit Lisbeth, der Protagonistin ihres ersten gleichnamigen Romans. Möchte man mehr über sie erfahren, empfiehlt es sich, diesen Roman zu lesen.

Für Bernhard

Lisa Olivia del Bosco

Lisbeth

Prolog

Liebe.
Liebe? Welche?
Zuneigung, Begehren, Verlangen, Mitleid,
Jagdfieber, Besitzerstolz, Machtausübung,
Gewohnheit, Ehepflicht, gesellschaftlicher Druck?
Von ihm? Von ihr?

Es wurden 10.
Ich war das vierte. Zweites Mädchen.
Es kamen noch sechs,
vier Jungen, zwei Mädchen,
dann versiegte es.

Was? Die Liebe?
Die war viel früher gestorben.
„Make love" hatte sie überlebt.

Körperlichkeit. Minimalismus.
Cool.

Man gewöhnt sich daran.
Bildet Hornhaut.

Noch zwei Jahre.

1. Kapitel

In unserem Gedächtnis vermischen sich die Erinnerungen an wirkliche Erlebnisse aus der Kindheit mit Erzählungen der Eltern. Am Ende sind wir nicht mehr sicher, was eigenes Erleben und was fremde Überlieferung ist.
Aber meine Angst vor den Fledermäusen, dabei bleibe ich, die stammt nicht aus Erzählungen. Bis heute sind mir diese Tiere gruselig.

Wir wohnten damals in einem verlassenen Bahnwärterhäuschen mitten in einem Gewirr von Eisenbahnschienen. Das kleine Häuschen war mit Schilf gedeckt. Und in dem Schilfdach wohnten Scharen von Fledermäusen. Abends schwirrten sie um das Haus herum. Bis heute erinnere ich mich, wie einmal ein ganzer Schwarm von diesen ekligen Tieren so nahe an meinem Kopf vorbei flog, dass mich ihre Flügel berührten. Und obwohl es in Wahrheit vielleicht auch nur deren Windhauch war, glaubte ich, sie fielen über mich her und ich müsste sterben. Fortan weigerte ich mich, nach Sonnenuntergang aus dem Haus zu gehen. Und wenn es denn sein musste, trug mich meine Mutter auf dem Arm, den Kopf eingewickelt in ein Handtuch.

Nicht selbst erlebt dagegen habe ich den nächtlichen Lärm der unmittelbar neben unserem Haus vorbeidonnernden Güterzüge. Im Gegensatz zu den Eltern und Geschwistern hatte ich wohl einen gesunden Schlaf. Außerdem kannte ich den Lärm von Geburt an, und er hatte daher nichts Bedrohliches für mich. Nein, von diesem Getöse weiß ich nur aus Erzählungen.

Von den Zuggeleisen weiß ich noch gut, dass es uns Kinder streng verboten war, in ihrer Nähe zu spielen. Vielleicht zog es mich gerade deshalb immer wieder zu ihnen hin. Ich liebte die Eisenbahn. Auch das weiß ich wirklich noch von damals. Ebenso die Schelte, wenn ich beim Spiel zwischen den Schienen erwischt wurde. Davon hat mir bestimmt keiner erzählt.

Und ich erinnere mich, dass ich es sehr aufregend fand, wenn mein ältester Bruder João mich an die Hand nahm, mit mir zu dem Geleis ging und Schottersteine auf die Schiene legte, wenn ein Zug kam.

„Weg, Lisbeth, weg!" schrie er dann, und ich musste mich in einiger Entfernung auf den Boden legen, damit ich nicht von Steinsplittern getroffen werden konnte. Ich habe noch heute das kurze Knallen der zerplatzenden Steine in den Ohren, das man trotz des Gedröhnes des vorbeirasenden Zuges deutlich hören konnte. Aber Steinsplitter habe ich nie gesehen.

Mein Vater war Profifußballer gewesen. Nach seiner Verletzung, ausgerechnet beim Aufstiegsspiel in Sao

Paulo, war es aus mit der Karriere. Die Versicherung zahlte eine Prämie. Der Verein löste gegen eine gute Abfindung den Vertrag und besorgte ihm einen neuen Job. Wir konnten uns ein anderes Haus leisten. Wir zogen in ein größeres Haus am Rande von Colatina. Weit weg von den Bahngeleisen. Zwischen verwilderten Gärten mit viel Müll, Eukalyptus, Palmen und Agaven. Aber in einer richtigen Straße.
Es war noch nicht verputzt und auch sonst noch nicht ganz fertig, als wir einzogen. Aber es gab ein WC und ein Bad. Nur mit kaltem Wasser, aber immerhin.

Die Straße endete drei Häuser weiter. Wir Kinder spielten auf der Straße. Autos gab es kaum. Und wenn dann doch einmal eines kam, hörten wir es schon von weitem, weil es auf dem staubigen Untergrund des sandigen Fahrweges und wegen der tiefen Löcher nur ganz langsam herankam. Selbst die umherlaufenden Hühner konnten sich in aller Ruhe überlegen, in welche Richtung sie sich wenden sollten, um sich dann – nicht ohne bisweilen in letzter Minute die Entscheidung zu revidieren - behutsam in Sicherheit zu bringen. Die Hunde der Nachbarn schauten nur träge zum herankommenden Wagen, schlossen die Augen und blieben unbeeindruckt liegen. Sollte das Auto doch sehen, wie es vorbei kam. Das tat es dann auch. Nie ist den Tieren etwas zugestoßen.
Sonst ist mir aus dieser ersten Zeit in unserer Straße nicht viel in Erinnerung geblieben. Nur, dass ich mich

geborgen fühlte, dass meine Eltern sich liebten, Vater tagsüber weg war, weil er arbeitete, und Mutter sich um das Haus und uns Kinder kümmerte.
Wir waren nicht wohlhabend, aber das wenige Geld reichte für das Notwendige.
Ach doch, noch eines habe ich in schöner Erinnerung behalten: Jeden Sonntag ging meine Mutter mit mir zur Messe in die Kirche. Meine Geschwister hatten keine Lust, den Sonntagmorgen mit einem Kirchgang zu beginnen, vor allem wohl, weil es bis dorthin ein Fußmarsch von einer dreiviertel Stunde war. Ich dagegen liebte es, an der Seite meiner Mutter durch den Ort bis hinaus zur Kirche zu wandern. Ich genoss es, sie für ein paar Stunden ganz für mich zu haben. Während der Woche hatte ich kaum etwas von ihr. Ich war ja nur eines von zehn Kindern, um die sie sich kümmern musste.
Sicher fand sie es gut, dass ich sie bei ihrer sonntäglichen Andacht treu begleitete und sie nicht ganz allein zur Messe gehen musste. Meist trafen wir auf unserem Weg andere Frauen, die wie meine Mutter zur Kirche gingen. Einerseits war es schön, zu sehen, dass sie sich freuten, meine Mutter zu treffen, die sie offenbar sehr schätzten. Anderseits machten sie mich eifersüchtig. Sie störten unsere Zweisamkeit.
Unser Ziel war die wunderschöne alte Wallfahrtskirche auf einem Hügel am Ortsrand. Schon der Anblick war eine Belohnung für den langen Fußweg. Und dann die heilige Stille im Inneren, der wohltuende

Duft nach Weihrauch, die sonntäglich gekleideten Menschen, alles erzeugte eine Atmosphäre, die ich liebte.

Die Predigt war eigentlich langweilig. Ich hörte nicht zu. Wozu auch. Der Priester redete lateinisch. Aber die feierliche Melodie seiner Sprache machte Eindruck auf mich, auch wenn ich nicht ahnte, was seine geheimnisvollen Worte bedeuteten.

Wenn Mutter betete, tat sie es ganz leise. Danach nahm sie meist meine Hand. Wenn sie niederkniete, kniete auch ich. Wenn sie sich bekreuzigte, tat ich es ihr gleich. Auch wenn ich nicht recht wusste, warum sie es tat.

„Mama, warum gehst du immer in die Kirche?", fragte ich sie auf dem Heimweg.

„Um Gott zu danken und um zu beten", war ihre Begründung.

„Wofür dankst du ihm denn?"

„Dafür, dass wir leben dürfen. Dass wir alle gesund sind. Ach, für all das Gute, das er uns gibt."

„Und das Schlechte, macht er das auch?"

Sie antwortete nicht.

„Letzte Woche war ich doch krank. Hat er mich da extra krank gemacht?"

„Ich weiß nicht, warum du krank geworden bist. Aber jedenfalls hat er dich schnell wieder gesund gemacht."

„Hast du dafür gebetet?"

„Ja."

„Und das hat er gehört, und dann hat er mich schnell wieder gesund gemacht?"
Irgendwie fand ich es seltsam, das mit Gott. Aber an der Seite meiner Mutter machte ich alles mit. Ich dankte Gott, dass so schönes Wetter war, dass ich endlich neue Schuhe bekommen habe, dass Mama mich mit in die Kirche nahm. Und ich betete, dass er mich später einmal ganz reich machen sollte.

*

Wäre alles so einfach geblieben, gäbe es dieses Buch nicht – es wäre zu langweilig. Schon jetzt haben gewiss einige mit Recht ungeduldige Leser bereits die Hoffnung aufgegeben, ein spannendes Buch vor sich zu haben und beginnen, um diese Vermutung zu prüfen, – heimlich – zu blättern, ob es so langweilig bleibt oder sich vielleicht doch noch etwas Dramatisches entwickelt. Aber nur Geduld, sie sollen leider allzu bald schon belohnt und fündig werden.

Mein Vater arbeitete in seinem neuen Job als Techniker in einer Elektrizitätsgesellschaft und war häufig auf Dienstreisen. Für uns Kinder war das angenehm. Mutter hatte dann mehr Zeit für uns, und wir blieben von den strengen und meist tätlichen Erziehungsversuchen unseres Vaters verschont.
Mein ältester Bruder ließ sich als erster nicht mehr alles von ihm gefallen – er war inzwischen mitten in

der Pubertät – und wehrte sich. Zank und Geschrei hielten Einzug in unsere Familie. Meine Mutter schwieg zu allem.

Als die Reisen meines Vaters häufiger und länger wurden und das Geld, das er mitbrachte, immer weniger, bekamen wir Kinder deutlich zu spüren, dass etwas nicht in Ordnung war. Wir hatten weniger zu Essen. Fleisch gab es nach einiger Zeit überhaupt nicht mehr. Vater wurde immer gereizter, wenn er zu Hause war. Nicht nur uns Kindern gegenüber. Auch zwischen den Eltern gab es Streit. Und wenn er wieder auf Reisen war, schickte er zu wenig Geld. Es reichte nicht. Meine Mutter musste zusätzlich arbeiten, um uns Kinder – inzwischen war die Schar auf 10 angewachsen – kleiden und ernähren zu können.

Sie fing an, für Nachbarn Näharbeiten zu übernehmen. Mit viel Geschick besserte sie alte Kleider aus und schneiderte neue. Bald hatte sie eine feste Kundschaft.

Vater war nun fast nie mehr zu Hause. Es kam kaum noch Geld von ihm. Schließlich ist er ein Jahr lang nicht heimgekommen. Da war klar, dass er andere Frauen hatte und mit der Familie nichts mehr zu tun haben wollte. Am Ende schickte er überhaupt kein Geld mehr.

Einmal noch tauchte er bei uns auf. Er hatte sich ein Auto gekauft, und fuhr stolz damit vor.

Vermutlich konnte er die Raten nicht bezahlen. Jedenfalls wollte er von unserer Mutter Geld haben. Es

gab Streit und Handgreiflichkeiten. Er durchsuchte Schränke und Schubladen nach verstecktem Geld. Als er auf die Kommode zuging, in der meine Mutter ihr weniges Geld aufbewahrte, stellte sie sich davor, versperrte ihm den Weg und stieß ihn zurück. Mein Vater brüllte sie an und schob sie zur Seite. Sie wehrte sich so gut sie konnte. Vergeblich. Es gab ein wildes Gerangel. Plötzlich schrie Vater auf, da sie ihm das Gesicht blutig kratzte. Wir Kinder bekamen es mit der Angst. Die Kleinsten liefen heulend davon.
„Raus aus diesem Haus! Für immer!", hörten wir meine Mutter brüllen. Da schlug mein Vater zu. Vor den Augen von uns Kindern. João rettete sie. Mit einem Messer bedrohte er seinen Vater und trieb ihn aus dem Haus.
Fluchend und Drohungen ausstoßend lief er auf die Straße, stieg in sein Auto und raste davon.
Wir alle hatten Angst vor seiner Rückkehr.

*

Meiner Mutter blieb nichts anderes übrig, als zusätzlich zu ihrer Näherei weitere Arbeiten anzunehmen. Sie putzte und wusch die Wäsche für andere Familien. Danach, am Abend, erledigte sie die Nähaufträge.
Tagsüber spielten wir Kinder auf der Straße. Nur João war oft weg. Er war damals wohl schon fünfzehn oder

sechzehn. Irgendwo hatte er eine Arbeit gefunden. Welche Art von Arbeit es war, wussten wir nicht.

Früh morgens ging meine Mutter aus dem Haus. Sie ließ für jeden ein Stück Brot da. Das hatte zu reichen. Nahm sich einer zwei Stücke, war nicht mehr für alle etwas da, und wir mussten hungern.

Wenn wir so allein gelassen waren, hatten die Nachbarn ein mehr oder weniger - meist weniger - wachsames Auge auf uns. In schlimmen Fällen, wenn sich jemand verletzte und schrie, kamen sie uns zu Hilfe. Aber eigentlich waren wir allein.

Für die Ordnung im Haus und die Beaufsichtigung der Kinder machte meine Mutter João verantwortlich. Ich sollte für meine jüngeren Geschwister sorgen, vor allem auf die Kleinste aufpassen, Renita, die gerade erst 18 Monate alt war. Dabei war ich selbst erst sieben Jahre. Immerhin hatte ich so erstmalig eine sinnvolle Aufgabe, die ich bereitwillig übernahm.

João regierte, sowie er das Haus betrat, mit eiserner Hand. Erteilte pausenlos Befehle und prügelte, wenn sie nicht so ausgeführt wurden, wie er wollte. Aber seine Befehle konnte man kaum ausführen, schon gar nicht so schnell wie er es verlangte. Es waren unsinnige Befehle. Er schrie uns an, er schlug uns. Befehle, Prügel, Befehle, Prügel, eine nicht enden wollende teuflische Kette. Wir alle hatten Angst vor ihm. Und dennoch war das Haus in schrecklichem Zustand, wenn meine Mutter abends heimkehrte: Geschirr

zerbrochen, Toilette schmutzig, Dreck auf den Fußböden.
Sie war völlig überarbeitet und gab nicht João sondern uns Jüngeren die Schuld. Wir wagten nicht, etwas zu sagen.
Ich war todunglücklich. Tagsüber floh ich mit meiner Schutzbefohlenen auf die Straße. Dort konnten wir wenigstens nicht geschlagen werden. Oder wir versteckten uns neben dem Haus in einem der Gärten zwischen stacheligen Büschen und Agaven an einem Ort, wo uns João vom Haus aus nicht sehen konnte.

Obwohl meine Mutter den ganzen Tag bei anderen Familien arbeitete und dann abends bis in die Nacht hinein nähte, reichte das Geld hinten und vorne nicht.
Zum Essen gab es nur Brot. Ganz selten einmal Obst, Kartoffeln oder Gemüse, wenn sie statt Geld mit Nahrungsmitteln bezahlt wurde. Fleisch gab es seit Jahren nicht mehr. Fast immer hatten wir Hunger.
Meine Mutter kam auf die Idee, neben unserem Haus in einem der verwilderten Gärten Obst und Gemüse anzubauen. In den nächsten Jahren ernteten wir dann Bananen, Avocados, Bohnen, Paprika, Salat, Zwiebeln und anderes Gemüse. Das half ein wenig, war aber bei weitem nicht genug. Jana, meine ältere Schwester, sollte aus dem, was sie ernten konnte, eine Mahlzeiten für uns Kinder bereiten. Aber nur selten reichte das Geerntete dafür.

Im Haus gab es nur noch Streit und Prügelei. Jana versuchte, sich aufzulehnen. Vergebens.
Nie werde ich vergessen wie João sie eines Tages anschrie, als er heimkam und kein Essen gekocht war. Als sie sich rechtfertigen wollte, schlug er sie zusammen. So brutal schlug er sie ins Gesicht, dass ihr Auge anschwoll und sie kaum noch etwas sehen konnte. Erst Monate später ging sie zum Arzt. Zu spät. Das Auge war fast blind. Irreparabel. Bis heute.

*

Ich war erst sieben, als João begann sich in eigentümlicher Weise um mich zu kümmern. Natürlich war ich längst aus dem Alter heraus, in dem man mir beim An- und Ausziehen hätte helfen müssen. Aber João begann, mir zuzuschauen, wenn ich im Bad war. Er beobachtete mich, wenn ich unter der Dusche war, trocknete mich behutsam ab, streichelte mich, betrachtete mich mit neugierigen Blicken von oben bis unten und wollte mir beim Anziehen helfen. Wär es meine Mutter gewesen, ich hätte es bestimmt schön gefunden, von ihr verwöhnt zu werden. Aber bei João war das irgendwie etwas anderes. Ich fühlte, dass das so nicht normal war. Ich hatte keine Ahnung, warum er es tat. Ich versuchte, ihn abzuwehren. Ich wollte seine seltsame Fürsorglichkeit nicht. Umsonst. Da ich aber ohnehin in ständiger Angst vor ihm lebte, ließ ich ihn. Ich wollte keine Prügel riskieren.

Seltsam, dass ich weder meiner Mutter, noch Jana davon erzählte. Aber ich schämte mich. Über so etwas sprach man nicht.

Zu der Zeit hatte mein kleiner Bruder Jamiro eine Idee: Er hatten herausgefunden, dass unsere Mutter zum Einkaufen leere Pfandflaschen und -dosen zum Supermarkt zurückbrachte und dafür Geld bekam. Was Mutter konnte, das konnte er auch, sagte er sich, und brachte heimlich selbst unsere Pfandflaschen zum Supermarkt zurück, kassierte das Pfandgeld und kaufte sich Süßigkeiten.
Natürlich flog die Sache auf.
Aber die Idee war gut. Zusammen mit Jamiro und Caique, meinen beiden jüngeren Brüdern, begann ich, die Müllcontainer in der Straße nach Flaschen und Dosen zu durchsuchen. Wir durchwühlten im ganzen Viertel die Müllcontainer und verkauften, was wir fanden. Von dem Erlös erstanden wir Schokolade und anderes Essbares.
Nach einiger Zeit entdeckten wir, dass wir die Schokolade, die wir billig im Supermarkt kauften, leicht zu einem höheren Preis weiterverkaufen konnten, wenn wir sie bei der nächsten Ampelkreuzung den Fahrzeugen anboten, die bei Rot halten mussten. – Wir wurden zu Unternehmern mit einem sehr erfolgreichen Geschäftsmodell.

*

Eigentlich kannten wir alle Menschen, die in unserer kleinen Straße wohnten. Aber diesen freundlichen Mann hatten wir noch nie gesehen. Eine Weile schon hatte er uns beim Durchsuchen eines Müllcontainer beobachtet. Dann sprach er uns an.

„Ihr seid aber fleißig!", begann er.

Erstaunt sahen wir ihn an. Da er sonst nichts sagte und nur weiter zu uns herüberschaute, machten wir in unserer Arbeit weiter.

„Ihr sucht wohl nach Flaschen, die ihr verkaufen könnt."

Meine Brüder nickten. Mir war das ganze unheimlich, und ich wollte ins Haus gehen. Da kam er auf mich zu.

„Zu Hause bei mir stehen ganz viele Flaschen. Die könntest du dir alle holen und verkaufen."

Ungläubig sah ich ihn an.

„Ja. Wirklich und viele, viele Dosen, die du auch verkaufen könntest."

„Und wo ist das?"

„Ich kann es dir zeigen."

„Ist das weit?", fragte ich.

„Komm mit, ich zeige es dir."

Ich schüttelte den Kopf und wollte weglaufen. Doch meine Brüder waren neugierig geworden.

„Lass uns alle zusammen gehen. Dann können wir auch mehr tragen."

„OK. Wenn Ihr wollt, kommt alle mit", bestärkte der Mann die beiden.

Zögernd willigte ich ein, und zu dritt folgten wir dem fremden Mann.

Hatte er uns schon früher beim Verkaufen der Schokolade beobachtet? Jedenfalls führte er uns zunächst an unsere Verkaufsampel. Das war schon ziemlich weit, und weder ich, noch meine Brüder waren jemals ohne unsere Mutter weiter vom Haus weg gegangen.

Jamiro blieb stehen.

„Weiter traue ich mich nicht", verkündete er.

„Ich auch nicht", kam es ängstlich von Caique.

„Aber du, du bist doch ein großes Mädchen und willst Dir die Flaschen und Dosen sicher nicht entgehen lassen. Oder bist Du etwa auch so ein Angsthase wie deine kleinen Brüder? Komm mit, es lohnt sich bestimmt", ermunterte mich der fremde Mann, nahm mich an die Hand und zog mich mit sich, vorbei an der Kreuzung.

Widerwillig kam ich mit. Als ich mich umschaute, waren Jamiro und Caique schon nicht mehr zu sehen.

Wir waren vielleicht ein Kilometer gegangen, als wir in eine Nebenstraße einbogen. Fragend schaute ich den Mann an. Plötzlich erkannte ich ihn. Hatte er mir nicht vor ein paar Tagen an der Kreuzung Schokolade abgekauft. Ich erinnerte mich noch an seinen roten Kleinlastwagen.

„Nur Mut, gleich sind wird da. Da vorne, siehst du, da nehmen wir die Einfahrt. Da hinter ist ein alter

Schuppen. Du wirst staunen, wie viele Flaschen in dem Schuppen sind."

Und wirklich, auf dem großen Hof hinter der Einfahrt stand der rote Lieferwagen.

Allein mit diesem Mann auf dem fremden Hof, bekam ich plötzlich Angst. Ich wollte weglaufen, aber er hielt mich fest und zog mich zu dem Schuppen.

Die Tür der Bude war geöffnet.

„Und schau nur, ganz viel Spielzeug gibt es da auch."

Er zeigte auf die geöffnete Tür. Ich sah hinein und entdeckte einen Holzroller, Spielzeugautos und auf einem Sofa ganz viele Puppen und Teddybären. So viele hatte ich noch nie gesehen. Aber es gab dort weder Flaschen noch Dosen.

Ich bekam es mit der Angst und versuchte, mich loszureißen. Aber der Mann hielt mich am Handgelenk fest.

Zu Hause erzählten Jamiro und Caique der Mutter, was geschehen war. Entsetzt sprang sie von ihren Näharbeiten auf.

„João! Schnell! Komm! Hilf uns! Es ist etwas Schreckliches passiert!"

Es war Samstag, und weder sie noch João arbeiteten außer Hause. Die Mutter nahm sich, ohne lange zu fragen, blitzschnell das Fahrrad des Nachbarn, drückte es dem erstaunten João in die Hände.

„Hier das Rad! Ihr müsst ganz schnell Lissi finden, ehe es zu spät ist. Nimm Caique hinten drauf, er weiß, in

welcher Richtung sie verschwunden sind, und fahrt so schnell ihr könnt!"
Es war bekannt, dass zu jener Zeit nicht selten Kinder verschwanden und nie wieder auftauchten. Missbraucht? Ermordet? Entführt und verkauft? Die Polizei hatte es aufgegeben, solche Fälle ernsthaft zu verfolgen. Zu gering die Aufklärungsquote.

Ein Pferdegespann fuhr über den Hof. So laut ich konnte, schrie ich um Hilfe. Der Kutscher wurde auf uns aufmerksam, hielt an und sah zu uns herüber. Da lockerte sich der Griff des Mannes um mein Handgelenk, und ich stürmte davon. Raus aus dem Hof auf die Straße. Bald hatte ich die Hauptstraße erreicht, die wir gekommen waren. Schon sah ich die Ampellichter „unserer" Kreuzung. Da bemerkte ich den roten Lieferwagen hinter mir. Ich lief, blind vor Angst, auf die andere Straßenseite – fast hätte ich João und Jamiro umgerannt...

Dies und alles was die folgenden Seiten beschreiben, hätte nie jemand zu lesen bekommen, wäre nicht Samstag gewesen, meine Mutter und João zu Hause, das Fahrrad des Nachbarn vor der Tür, das Pferdegespann vorbeigefahren oder wenn der Kutscher mich nicht bemerkt hätte.
Ich wusste plötzlich, ein Wunder hatte mich aus tiefster Not erlöst. João hatte mir das Leben gerettet.

*

Mit sieben kam ich in die Schule, und eine neue Qual begann.

Meine Mutter hatte sich einen Vormittag frei genommen, um mich anzumelden. Am Tage vorher hatte sie mein bestes Kleidchen ausgebessert, am Morgen wurde ich gebadet, meine Haare wurden gewaschen, und sie steckte mir eine ihrer goldenen Haarspangen in meinen schwarzen Lockenkopf, damit ich etwas bürgerlicher aussehen sollte und nicht wie das Straßenmädchen, das ich in Wahrheit war. Auch sie selbst zog ihre besten Sachen an.

„Na, was habt ihr denn vor?", fragte die Nachbarin, als wir an ihrem Haus vorbei gingen. Wir blieben stehen.

„Lisbeth soll zur Schule angemeldet werden", erklärte meine Mutter unseren ungewohnten Aufzug.

„Dann fängt jetzt wohl für die Kleine der Ernst des Lebens an."

„So ist es", bestätigte meine Mutter, und sie fügte hinzu „vielleicht ganz gut, wenn sie mal etwas anderes sieht und erlebt als nur die Familie und unsere Straße."

„Warte Lissi, zum Schulanfang gibt es immer etwas Süßes", und die gute Nachbarin verschwand im Haus. Mit zwei Bonbons kam sie wieder.

„Eines für Dich, eines für die kleine Renita, damit sie dich nicht so sehr vermisst, wenn du zur Schule gehst."
Sie nahm mich auf den Arm und küsste mich.
Es tat gut. Ich hatte beinahe vergessen, wie schön das ist.

Schon als wir in den Schulhof kamen, fühlte ich, dass ich eine fremde Welt betrat. Ich fürchtete mich. Die Kinder, die hier spielten, trugen Schuluniformen und sahen ganz anders aus als meine Spielkameraden von der Straße. Ich stockte, blieb stehen und drängte mich ängstlich an meine Mutter. Sie strich mir tröstend über das Haar, nahm mich an die Hand und zog mich durch die fremde Kinderschar hindurch in das Schulgebäude.
Es war ein alter Bau aus der Kolonialzeit. Wir standen in einer riesigen dunklen Eingangshalle – vielleicht war sie auch nur in meiner Erinnerung so furchterregend dunkel und riesig. Ein Mann kam auf uns zu. Einer der Lehrer, wie sich später herausstellte.
„Zur Anmeldung?"
„Si, si!"
Er führte uns in das Sekretariat. Er selbst ging durch eine andere Tür in das Nachbarzimmer.
Räume dieser Art hatte ich noch nie gesehen. Sauber, kühl, fast leer. Es war ein wenig wie damals im Krankenhaus, als mich ein Hund gebissen hatte und man mir die Wunde verband und eine Tetanusspritze gab.

Es gab keine Spritze, diesmal. Dennoch versuchte ich, mich hinter dem Rock meiner Mutter zu verbergen. So fühlte ich mich gleich sicherer und wagte einen ersten neugierigen Blick zu dem Schreibtisch, hinter dem jemand saß.

„Na, wie heißt du denn?", wendete sich die ältere Dame von ihrem Schreibtisch aus an mich. Sie blickte in ihre Papiere, dann schaute sie auf und lächelte mir freundlich zu.

„Ich glaube, du bist die kleine Lisbeth, die zu uns in die Schule kommen will. Stimmt's?"

„So ist es", antwortete meine Mutter an meiner Stelle.

„Na, Lissi, dann komm doch mal her, dass ich dich besser sehen kann!"

Sie stand auf und kam auf uns zu. Ich fühlte mich wie Rotkäppchen und hatte Angst.

„Ich muss dich doch ein wenig kennenlernen."

Es klang bedrohlich. Was wollte sie von mir?

„Du bist doch von jetzt an eine unserer Schülerinnen, und die anderen kenne ich auch alle recht gut."

Sie beugte sich zu mir herab, nahm mich vorsichtig an beide Hände, und schaute mir in die Augen.

Ich guckte Hilfe suchend zu meiner Mutter. Sie nickte ermutigend. Widerstrebend ließ ich es mir gefallen.

„Du bist ja eine ganz Niedliche", flüsterte die fremde Frau mir zu, „und was für schöne Haare du hast!"

Und als auch sie mir über den Kopf strich und mich küsste, tat das trotz aller Furcht gut. Leider hatte sie

keine Bonbons für mich, was ich schon ein wenig erhofft hatte. Stattdessen streichelte sie mir liebevoll über den Rücken, bevor sie wieder aufstand, an eine Nebentür ging, klopfte und sie öffnete.
„Señor Paolo, die kleine Lisbeth ist bei mir. Sie wird in Ihre Klasse kommen. Wollen Sie ihr ‚Guten Tag' sagen?"
Señor Paolo war der Herr, der uns zum Sekretariat geführt hatte.
„Hier ist sie, unsere Lisbeth", stellte sie mich meinem zukünftigen Lehrer vor, „sie ist noch ein wenig schüchtern, aber ich glaube, sie ist eine ganz Liebe."
„Hallo Lisbeth", begrüßte er mich.
Auch er strich mir über die Locken. Dann wandte er sich an die Sekretärin und meine Mutter, und sie besprachen Dinge, die ich nicht verstand. Ich vermute, es ging um Schüleruniform, Schulbücher und Teilnahme am Essen in der Schule. Immer wieder kamen die Wörter ‚bezahlen', ‚Geld', ‚Finanzierung' vor.

Zur Einschulung hatte sich meine Mutter nicht wieder frei nehmen können. Die Begleitung meines großen Bruders hatte ich abgelehnt. Also musste ich allein gehen.
Die anderen Kinder kamen mit ihren Familien zur Schule. Alle hatten ihre Schuluniformen an und trugen schöne neue Schulranzen auf dem Rücken. Für so etwas hatten wir kein Geld. Als ich zwischen den an-

deren fremden Kindern und ihren Eltern allein in der Schulbank saß, heulte ich.
Unterricht gab es an diesem Tag nicht. Ich war froh, als ich endlich nach Hause durfte.

Nach Hause? War es wirklich ein Zuhause? Mein Zuhause? Das von João vielleicht. Meines sicher nicht. Und ich wollte auch nicht, dass es für immer mein Zuhause sein würde.
Ich nahm meine kleine Schwester an die Hand, und wir verbargen uns für den Rest des Tages in unserem heimlichen Gartenversteck. Ich war todunglücklich. Die Kleine war mein einziger Trost. Für kurze frohe Augenblicke schaffte sie es, mich mit ihrem sorglosen fröhlichen Lächeln und Gebrabbel aufzuheitern, wenn ich sie in meine Arme nahm und küsste. Dann vergaß ich für kurze Augenblicke das trostlose Unglück in mir, und sie brachte mich auf andere Gedanken. Ich stellte mir vor, sie wäre mein eigenes Kind, wir säßen glücklich am Strand, und ein Eisverkäufer brächte uns Eis und Schokolade.

Ich hasste die Schule. Und ich hatte immer Angst. Vor den Lehrern, vor den Mitschülern, vor Menschen, denen ich auf meinem Schulweg begegnete.
Täglich machte ich mich in meinen zerlumpten Kleidern, je nach Wetter mit kaputten Schuhen oder Flip-Flops, früh morgens auf den Schulweg. Mit einer Plastiktüte statt eines Ranzens. Ich hatte nur Hefte und

Stifte. Schulbücher konnte meine Mutter ebenso wenig bezahlen wie die Schuluniform. Ich war das verängstigte hässlichste Entlein der ganzen Schule.

Dennoch ging ich jeden Tag zum Unterricht, denn die Schule hatte auch ihr Gutes: Ich bekam dort etwas zu essen. Also versäumte ich keinen Schultag. Hunger gab es seither nur noch am Sonntag, wenn kein Unterricht war.

Nach einiger Zeit bekam ich sogar Gefallen am Lernen. Mir fehlten zwar die Bücher, aber abends, wenn ich nicht mehr auf der Straße sein konnte, setzte ich mich in das Zimmer, in dem Mutter schneiderte. Dort fühlte ich mich sicher, und ich übte Schreiben und Lesen. Meine Mutter sorgte dafür, dass ich dabei in Ruhe gelassen wurde.

Ich war keine gute Schülerin. Aber so ganz schlecht waren meine Noten auch nicht. Sicherlich, man schaute auf mich herab. Auf das zerlumpte Straßenkind. Nicht aber wegen der schulischen Leistung. Da waren einige gutbetuchte Mitschülerinnen trotz schicker Schuluniform erheblich schlechter. Ich war sogar in der Lage, einer Klassenkameradin, die in unserer Straße wohnte, bei den Hausaufgaben zu helfen. Beide profitierten wir davon: Ich hatte in der Klasse endlich eine Freundin, die mich mochte und sie brachte bald bessere Noten mit nach Hause. Aber auch ich lernte unendlich viel, denn die neue Freundin hatte die nötigen Schulbücher, die mir fehlten. Und vor allem bekam ich dort fast immer etwas zu essen.

Schon wenig später sollte es mir zugutekommen, dass ich in ihrer Familie lernte, wie ich mich in einem kultivierten Haushalt zu benehmen hatte.

*

Ich war erst zehn Jahre, da begann sich mein Körper zu verändern. Er fühlte sich weicher an. Als ich elf war, hätte ich bereits einen Bikini füllen können. Leider besaß ich keinen. Hatte auch nicht das Geld dafür, einen zu kaufen. Meine Mutter hätte mir einen schönen Bikini nähen können. Ich wagte nicht, sie darum zu bitten.
Allmählich wurde mir bewusst: ich war trotz meines geringen Alters kein Kind mehr.
Meinem großen Bruder blieb das nicht verborgen. Er schaute mich mit Blicken an, die mich beunruhigten. Immer wieder kam er ins Bad, wenn Jana und ich duschten. Ins Bad gingen wir meist zusammen. Zu zweit fühlten wir uns sicherer. Wir schickten ihn weg. Aber er kam immer wieder. Noch wusste ich nicht recht, worauf das hinauslaufen würde. Aber ich fühlte mich bedroht.
Sobald er allein mit mir in einem Raum war, kam er mir näher. Nahm mich in den Arm, streichelte mich, wurde zudringlich. Tagsüber floh ich auf die Straße, abends in den Nähraum zu meiner Mutter.
Ging ich in mein Zimmer, folgte er mir.

Eines Nachts war er heimlich in mein Bett gekommen, als ich schon schlief. Ich hatte es im Schlaf nicht gleich wahrgenommen, und Jana, mit der ich das Zimmer teilte, offenbar auch nicht. Erst als ich seine neugierig tastenden Hände an meinem Körper fühlte, wachte ich auf. Zunächst hatte ich alles für einen meiner ahnungsvollen bösen Träume gehalten. Als mir dann plötzlich klar wurde, dass ich überhaupt nicht träumte, dass es wirklich die Hände meines Bruders João waren, die meinen Mädchenkörper erkundeten, stieß ich ihn unsanft von mir.
„Wehe, wenn du schreist!", flüsterte er und hielt mir den Mund zu.
Lautlos schlich er aus dem Zimmer. Jana hat von alledem nichts bemerkt. Vermutlich verfolgte er sie ebenso wie mich. Wir haben nie darüber gesprochen.

*

Es begann eine spannende Zeit. In der Familie war alles geblieben wie immer. Nur João wurde immer zudringlicher.
Außerhalb des Hauses schienen mich plötzlich alle ganz anders wahrzunehmen. Nachbarn, Lehrer, Mitschüler, Verkäufer im Supermarkt, alle sahen mich mit anderen Augen an als bisher. Ich war eben kein Kind mehr. Männer schauten sich nach mir um, Jungen machten Annäherungsversuche, Klassenkamera-

dinnen sprachen plötzlich mit mir, nachdem sie mich jahrelang gemieden hatten.

Auch ich selbst sah mich anders. Wenn ich mich morgens im Spiegel betrachtete, freute ich mich daran, was für ein hübsches, gut gebautes junges Mädchen mir gegenüber stand.

Meine geschäftlichen Aktivitäten behielt ich bei. Allerdings hatte ich meinen Aktionsradius ausgeweitet. Ich kannte bestimmte Anlaufpunkte, wo sich meine große Plastiktüte regelmäßig sehr schnell mit Pfandflaschen füllte. Einer davon war unser Schulhof. Achtlos warfen die Mitschüler ihr Leergut in den Container. Nachdem ich ihnen versichert hatte, dass ich das Leergut lediglich aus Umweltgründen sammelte, respektierten sie das. Nicht selten bekam ich mittlerweile ihre Flaschen und Dosen sogar direkt von ihnen übergeben.

Auch der Verkauf der Schokolade – inzwischen hatte ich mein Sortiment ausgeweitet und bot auch Zeitungen an – wurde – zumindest bei männlichen Autofahrern - immer leichter. Inzwischen hatte ich bereits erste Stammkunden. Es machte richtig Spaß, sich mit ihnen zu unterhalten, bis das Grün der Ampel die Gespräche notgedrungen beendete. Allerdings musste ich darauf achten, nicht von der Polizei erwischt zu werden. Eine erste wohlwollende Warnung hatte ich erhalten, als ich nichtsahnend einem Polizisten in einem Privatwagen meine Dienste anbieten wollte.

Bei gutem Wetter fuhr ich mit dem Bus an den Strand und verkaufte dort meine Waren.
Das war natürlich auch verboten. Alle wussten es, kauften aber trotzdem. Oft war das Trinkgeld höher als der Preis, den ich für die Ware verlangt hatte.
So verdiente ich reichlich, und ich konnte mir sogar einen schicken Bikini leisten.
Mein erstes prickelndes Erlebnis hatte ich, als ich mit meinem Warenkorb in eines der mobilen Umkleidehäuschen gehen wollte, um mich umzuziehen. Ein gut aussehender Junge, der mir schon länger aufgefallen war, da er mir regelmäßig etwas abkaufte, folgte mir.
„Bitte, bitte, lass mich mit hinein. Lass mich zusehen, wie du dich umziehst. Ich kauf dir auch den ganzen Korb ab."
Ich nahm keine Notiz von seinen Worten.
Auf den letzten Metern vor dem Häuschen ergänzte er:
„Und wenn ich dich anfassen darf, zahle ich noch zehn Dollar extra. Ich habe noch nie einen Busen berührt."
Ich tat so als ob ich ihn nicht beachtete. Ähnliche Anzüglichkeiten hatte ich schon öfter gehört, seit ich als junge Frau wahrgenommen wurde. In Brasilien sind solche geflüsterten Sätze nicht ungewöhnlich, ja, man muss sie geradezu als Komplimente ansehen.
Vor dem Vorhang des Häuschens blieb ich stehen und sah ihn an. Nett sah er aus.

„Keine Angst, ich will nichts Böses. Du bist doch so schön!"
Ich wollte ihn nicht verletzen, wies ihn aber ab.
Als ich im Bikini wieder zum Vorschein kam, war er verschwunden.
Später ärgerte ich mich.
Warum war ich so dumm gewesen? Den ganzen Korb wäre ich auf einen Schlag losgeworden. Und zusätzlich hätte ich noch zehn Dollar extra verdient. Was hätte schon passieren können? Gar nichts. Die Wände der kleinen Hütte waren aus Stoff. Wäre er zu weit gegangen, ich hätte nur schreien müssen. Der ganze Strand hätte mich gehört.
Auf dem Heimweg stellte ich mir vor, wie es gewesen wäre. Wie fühlt es sich wohl an, wenn die Hand eines sympathischen hübschen verliebten Jungen mich berührt? Meinen kleinen Busen streichelt? Ihn in die Hand nimmt, ein wenig drückt? Mir liebevoll über den Rücken und den Körper fährt? Ich hätte ihn bestimmt geküsst. Zum ersten Mal einen Jungen geküsst. Unvorstellbar.
Immer wieder malte ich mir aus, wie es hätte sein können. In immer neuen Variationen. Am Ende war klar, tags darauf würde ich wieder zum Strand gehen und nachzuholen, was ich versäumt hatte.
Ich war sicher, ihn wieder zu treffen. Umsonst. Er war nicht da. Wochenlang suchte ich nach ihm.
Einmal glaubte ich, ihn entdeckt zu haben. Als ich näher kam, war mir klar: er war es. Aber statt wie früher

auf mich zuzukommen und mir Schokolade abzukaufen, drehte er um, lief ins Wasser und schwamm weit hinaus, bis ich ihn aus den Augen verlor. Schämte er sich? Ob ich ihn an einem anderen Strand wiederfinden könnte?

*

Wie es sein kann, wenn ein Junge meinen Busen in die Hand nimmt und drückt, sollte ich nur allzu bald erfahren.
João versuchte immer wieder, mich nachmittags von der Schule abzuholen. Wenn er es schaffte und ich ihm nicht rechtzeitig entwischen konnte, gingen wir zusammen nach Hause. Das Haus war dann für gewöhnlich leer: Mutter arbeitete noch außer Hause, die Geschwister spielten auf der Straße. Ich ging zu ihnen, nahm die Kleinste auf den Arm und wartete auf eine Gelegenheit, unbemerkt von João meine Schulsachen ins Haus zu bringen. Klappte das nicht, bat ich Jana, mitzukommen. Als ich dann einmal nicht genügend aufgepasst hatte, folgte er mir in mein Zimmer, nahm mich in die Arme und begann, wild an mir herumzufummeln. Ich wehrte mich so gut ich konnte. Auf eine Prügelei durfte ich mich freilich nicht einlassen, dafür war er zu stark. Mir stand nur allzu deutlich vor Augen, was er Jana angetan hatte. Er warf mich auf das Bett, zog meine und seine Hose runter und versuchte, mich zu vergewaltigen.

Mit einem Trick konnte ich entkommen:
„Warte!", flüsterte ich, tat so, als gäbe ich auf, und knöpfte ganz langsam meine Bluse auf.
Er war völlig verblüfft, glaubte am Ziel zu sein, und für einen Moment ließ er mich los. Ich verpasste ihm blitzschnell einen Fußtritt und konnte entkommen.
Es war mir klar, dass es so nicht weitergehen durfte. Ich musste weg. Weg aus diesem Haus. Der Entschluss stand fest. Eines Tages würde ich einfach abhauen. Möglichst bald. Denn er würde es immer wieder versuchen.
Ich bereitete mich darauf vor. Holte ein Messer aus der Küche, wickelte es in ein Handtuch ein und legte es unter mein Kopfkissen.
Er ließ nicht lange auf sich warten. Es war spät abends, ich war gerade zu Bett gegangen, als er in mein Zimmer eindrang und sich auf mich stürzte. Er hatte mich auf den Bauch gedreht und meinen linken Arm im Polizeigriff auf den Rücken gedreht. In dieser Lage war ich praktisch bewegungsunfähig und wehrlos. Konnte nicht treten, nicht schlagen, nicht an den Haaren ziehen, nichts. Als er versuchte, in dieser Stellung mit seiner freien Hand seinen Gürtel zu öffnen, bekam ich für einen Augenblick meinen rechten Arm frei, griff blitzschnell nach dem Messer und stach blindlings zu. Sein Schrei weckte die ganze Familie. Alle stürzten ins Wohnzimmer. Ich hatte ihn am Arm getroffen. Er blutete fürchterlich und schrie: „Ich sterbe! Ich verblute!".

„Bist Du jetzt total übergeschnappt?", brüllte meine Mutter mich an, „wolltest du ihn umbringen? Viel hat bei Gott nicht gefehlt."
Meine Mutter schlug auf mich ein, dann band sie Joãos Wunde ab. Die Blutung kam weitgehend zum Stillstand. So schnell sie konnte eilte sie mit ihrem Sohn zum Arzt. Es war alles noch recht harmlos ausgegangen.
Für mich aber war klar, dass ich keine Stunde mehr mit meinem Bruder in diesem Haus verbringen würde.
Mit Jana zusammen verbrachte ich den Rest der Nacht im Freien. Am nächsten Morgen – wieder ein Samstag – erzählte ich meiner Mutter wahrheitsgemäß, was vorgefallen war.
Sie glaubte mir nicht.
„Du musst ihn rauswerfen wie damals Papa", flehte ich sie an.
„Warum sollte ich? Weil Du verrückt geworden bist und Gespenster siehst?"
„Dann muss ich halt weggehen", antwortete ich.
„Dann geh. Aber lass dir nicht einfallen, wieder zurückzukommen. Ich weiß ja, es wird nicht lange dauern, und du klopfst schwanger oder drogenabhängig an diese Tür oder einfach weil du Geld brauchst. Aber unser Haus bleibt von jetzt ab für dich verschlossen. Für immer."
Ich hasste meine Mutter. Im Streit gingen wir auseinander.

Ich nahm meine Jacke und Schuhe, packte meine wenigen Habseligkeiten in eine Plastiktüte und lief grußlos davon.

2. Kapitel

Ich suchte Zuflucht bei meiner Schulfreundin. Als ich erzählte, was los war, wurde ich zunächst einmal aufgenommen. Ihre Mutter wollte mich überreden, wieder nach Hause zu gehen und mich mit der Familie zu versöhnen. Aber sie merkte schnell, wie eisern mein Entschluss war, nie wieder dort einzuziehen.

„Niemals! Niemals! Niemals!", wiederholte ich immer wieder.

Schließlich gab sie auf.

Es war Sonntag. Man holte den Anzeigenteil der Samstagsausgabe einer Regionalzeitung. Gemeinsam studierten wir die Arbeitsangebote.

Eine Anzeige schien zu passen:

„Hausmädchen gesucht. Es wird erwartet, dass die Bewerberin bereit ist, in Haus und Küche zu helfen und dass sie Freude daran hat, sich um das acht Monate alte Baby zu kümmern. Unterkunft in unserem Haus ist gegeben."

Verlangt wurden also nur Tätigkeiten, mit denen ich mich bereits seit langem auskannte.

Noch am gleichen Tag ging die Mutter meiner Schulfreundin mit mir zu der angegebenen Adresse. Es war ein hübsches kleines Haus. ‚*Mercedes de Assis Moreira*' stand an der Klingel. Wir wurden von der Besitzerin des Hauses hereingebeten. Die Mutter

meiner Schulfreundin stellte mich vor und schilderte kurz meine Notsituation.
Sofort bekam ich die Stelle.
Am nächsten Morgen packte ich meine wenigen Sachen zusammen und machte mich auf den Weg zu meiner neuen Bleibe.
Die junge Frau, die mich eingestellt hatte, begrüßte mich so herzlich als gehörte ich schon jetzt zu ihrer Familie. Sie zeigte mir das Haus, ging mit mir durch den Garten, und am Ende führte sie mich in mein Zimmer. Ich konnte es nicht fassen: ein eigenes Zimmer, nur für mich allein.
Und was für ein Zimmer! Ein Fenster mit Vorhängen, ein kleiner Tisch mit zwei Stühlen, eine Kommode und ein Kleiderschrank, alles typisch brasilianische Holzmöbel. Am meisten beeindruckte mich das Bett: Ein großes Bett, bezogen mit schöner, sauberer weißer Bettwäsche, mit einem großen und einem kleinen Kopfkissen. Und überall im Zimmer Spielsachen. Auf dem Bett Puppen und Teddybären. Es war wie in einem Fernsehmärchen. Nie in meinem Leben hatte ich vorher eine solche Pracht mit eigenen Augen gesehen.
Fassungslos fing ich an zu heulen.

*

Gleich an diesem Montag fing ich an zu arbeiten.
Die erste Woche in diesem Haus fühlte ich mich schlecht.
Sehr schlecht.
Ohne meine Geschwister, ohne meine Familie. Ich war traurig. Immer wieder habe ich geheult. Es ist mir wirklich jämmerlich gegangen in dieser Woche.
Immer wieder musste ich an zu Hause denken. An meine Geschwister, an meine Mutter. Der Abschied war so katastrophal gelaufen.
Ich war noch nie so weit von zu Hause weg gewesen. Hatte niemals zuvor anderswo geschlafen als in unserem Haus.
Nachts hatte ich Angst. Ich fühlte mich, als sei mir das Schlimmste widerfahren, was mir hatte passieren können. Ich kam mir verloren vor und heulte. Wenn ich von draußen Geräusche hörte, schaute ich aus dem Fenster. Hoffte heimlich, dass meine Mutter käme. Nach mir schaute, mich wieder nach Hause holen wollte. Aber ich sah nur den einsamen fernen Sternenhimmel.
Aber dennoch, zurück wollte ich nicht. Niemals. Das stand fest.
Also habe ich es ausgehalten.
Die Frau, die mich nun aufgenommen hatte, war sehr gut zu mir. Sehr fürsorglich. Sie fragte mich, wie es mir ging, ob ich etwas essen, etwas trinken möchte.

Sie zeigte mir, was ich arbeiten sollte, fragte immer wieder, ob ich das könne und ob es so in Ordnung sei. Meine Dueña wollte, dass ich weiter zur Schule gehe.
Aber ich wohnte nun in einem anderen Bezirk. Nicht mehr dort, wo ich geboren war und vorher gelebt und die Schule besucht hatte. Ich musste mich in einer anderen Schule anmelden.
Sie ließ mir genügend Zeit zum Schulbesuch. Wenn ich nach Hause kam, arbeitete ich im Haus und kümmerte mich um das Baby. Alles Tätigkeiten, die ich von zu Hause kannte, nur eben jetzt in einem sehr gepflegten Haushalt. Dennoch, ich schaffte wohl alles recht gut.
Abends nach der Arbeit machte ich meine Hausaufgaben.
Die Hausherrin war wie eine Mutter zu mir, so sanft und liebevoll, wie ich es mir immer gewünscht und nie erlebt hatte.
Ihr kleiner Sohn war acht Monate alt. Ein rührend niedliches Baby. Ich fütterte ihn, wickelte ihn, spielte mit ihm. Wenn ich in der Küche arbeitete oder im Garten die Wäsche aufhängte, stellte ich ihn in seinem Körbchen neben mich. Ich verbrachte fast den ganzen Tag mit ihm. Oft nahm ich ihn auch aus seinem Bettchen, wenn er eigentlich schlafen sollte. Wenn ich ihn auf dem Arm hatte, fühlte ich mich nicht so einsam.
Dennoch war ich unglücklich. Ich hatte das Gefühl, dass ich alles verloren hatte, ohne zu wissen, was. Die

wunderschöne neue Umgebung war mir fremd. Passte nicht zu mir.

Zu Hause war ich mit allen vertraut gewesen. Es hatte Zank und Streit gegeben, aber im Grunde verstanden wir Kinder uns, und eigentlich hatten wir immer Vertrauen zu einander gehabt. Trotz der dauernden Streitereien.

Hier war alles anders.

Immer wieder fragte meine Dueña, ob es mir gut gehe, ob ich zurechtkäme, ob mir die Arbeit gefiel, ob es nicht zu viel wäre, ob in der Schule alles in Ordnung wäre, ob ich genug Zeit für die Hausaufgaben hätte, ob ich Hunger oder Durst hätte. Sie nahm mich mit, wenn sie mit ihrem kleinen Sohn spazieren ging. Sogar ins Kino lud sie mich ein.

Es war wie im Traum. Ich konnte nicht glauben, dass es wahr war. Dabei kannte die Frau mich doch überhaupt nicht. Ich konnte nicht verstehen, warum sie so gut zu mir war wie eine Märchenfee.

Daher misstraute ich meiner Wohltäterin und all dem Neuen, das mich umgab. Es konnte nicht sein, dass es mit mir so weiterging, zumindest nicht für immer. Ich ängstigte mich. Fürchtete, eines Tages werde ein roter Lieferwagen vor dem Haus auf mich warten…

Aber zurück nach Hause, das kam nicht in Frage. Meine Mutter war für mich gestorben. João sowieso. Ich hatte nicht einmal das Verlangen zu sehen, wie es den Geschwistern ging.

Nur ganz allmählich ließ die räumliche und zeitliche Entfernung von zu Hause die Erinnerung an meine Familie und unser Haus verblassen, und ich begann zu vergessen, was ich verloren hatte.

Nach und nach wurde für mich der Traum, in dem ich lebte, mein neues Leben. Ich begann, mich wieder sicher zu fühlen. Ich vergaß beinahe, dass es einmal anders gewesen war. Eine nie gekannte innere Ruhe kehrte ein.

Ich lernte viel in dieser Zeit. Nicht allein in der Schule, sondern vor allem von meiner neuen Mutter. Sie zeigte mir, wie ich mit dem Baby umzugehen hatte, wie man gründlich saubermachen konnte, nahm mich mit in die Küche, um mir Kochen und Backen beizubringen, vor allem aber erlebte ich durch ihre fürsorgliche, liebevolle Art, mit mir, mit dem Baby und auch mit anderen Menschen umzugehen, erlebte, dass nicht alle Menschen grob und gemein sein mussten. Sie hat mir eine Liebe entgegengebracht, als wäre ich ihre eigene Tochter. Eine Liebe, wie ich sie von zu Hause nicht gekannt hatte.

Nicht lange, und ich begann, mich glücklich zu fühlen. Schließlich wollte ich am liebsten für immer bei ihr bleiben. Es war eine so wunderbare Zeit.

*

Mehr als vier Jahre lebte ich nun als Kindermädchen und Haushilfe in diesem schönen Haus und hatte eine neue Familie gefunden. Da plötzlich holte mich mein früheres Leben ein.

Völlig unerwartet stand eines Tages meine Mutter vor der Tür. Die ganzen Jahre hatten wir uns nicht gesehen und nichts von einander gehört. Nun auf einmal suchte sie mich auf.

Es war wie ein Schock. Sofort waren die alten Bilder wieder da. Wollte sie mich dorthin zurückholen, wohin ich geschworen hatte, niemals wieder zurückzukehren? Ich war entsetzt.

Ich ging mit ihr auf die Straße. Im Haus wollte ich sie nicht haben. Nicht einmal im Garten. Nichts wollte ich von meinem glücklichen Leben mit ihr teilen. Nicht einmal sehen sollte sie, wie gut es mir ging.

Vor nun bald fünf Jahren hatte sie mich verstoßen. Hatte nichts von sich hören lassen. Niemals nach mir gesehen. Und jetzt auf einmal stand sie vor mir. Gewiss nicht aus Liebe und Sehnsucht nach der verlorenen Tochter. Was führte sie im Schilde?

Ganz einfach: Ich sollte zurückkommen. Ihr helfen. Der Familie ging es schlecht. João war nicht mehr da. Er hatte ein Mädchen der Nachbarschaft vergewaltigt. Nun war er verschwunden. Geflüchtet? Saß er im Gefängnis? Ich fragte nicht.

Sie schien jetzt zu bereuen, dass sie damals mich und nicht João verjagt hatte.

Sie flehte mich an, zurückzukommen. Ich lehnte ab.

In einem nicht enden wollenden Redeschwall schilderte sie mir ihr Unglück.

Ich hielt ihr schließlich den Mund zu.
„Hör auf! Du bist lange schon nicht mehr meine Mutter. Ich hatte dich vergessen und will mich nicht an dich erinnern."
Heulend wollte sie sich an mich klammern. Ich schüttelte sie ab, ließ sie stehen und ging davon. Nicht zum Haus zurück. Ich wollte nicht, dass sie mich in mein neues Zuhause verfolgte.
Ich lief ziellos durch die Straßen des Viertels. Plötzlich hatte ich Mitleid mit ihr. Und ich spürte, dass es mir tief im Herzen wohlgetan hatte, dass sie sich nach all den Jahren aufgemacht hatte, zu mir zu kommen. Besser spät als niemals.
Aber sie war ja nicht wegen mir gekommen. Sie wollte mich nur benutzen. Als bequeme Hilfe.

Dennoch hatte mich ihr Besuch verändert. Hatte mich neugierig gemacht. Ich nahm Kontakt zu meinen Geschwistern auf und besuchte sie. Jeder erzählte, wie es ihm in der Zwischenzeit ergangen war.
Mein Vater war zurückgekommen. Aber meine Mutter war inzwischen eine neue Bindung eingegangen und wohnte nicht weit entfernt in einem anderen Haus. Mit ihrem Mann wollte sie nichts mehr zu tun haben. Er arbeitete nicht mehr. Er versuchte, sich im Hause nützlich zu machen.
Die Zustände hatten sich nicht gebessert. Eher im Gegenteil. Nach wie vor, sagte man mir, fehlte es an al-

lem, es gab immer Streit, und jeder verfolgte nur seine eigenen Interessen.
Niemals würde ich dorthin zurückgehen.

Welch ein gütiges Wunder war mir damals doch widerfahren, als ich das Messer gegen meinen Bruder erhob und deshalb verbannt wurde – verbannt in eine wunderbare neue Welt.
Wem sollte ich dafür danken? Gab es einen Gott, der seine Hand über mich gehalten hatte?
Damals begann unter der liebevollen Obhut einer neuen Mutter die glücklichste Zeit meines unbeschwerten, noch so jungen Lebens.
Schule, Hausarbeit, Betreuung des kleinen Jungen, abends Schularbeiten. Ab und zu Spaziergänge oder Kinobesuche mit meiner Gast- und Arbeitgeberin. Das war alles. Es genügte mir. Ich war zufrieden.

*

Sexuell blieb ich, bis ich siebzehn war, ein Kleinkind. Offenbar wirkten die schrecklichen Erlebnisse mit João nach, und Abenteuer mit Jungen interessierten mich nicht. Ich konnte meine Schulfreundinnen nicht verstehen, wenn sie sich von Jungs küssen ließen. Eklig. Ich wusste, was danach kommen würde.
Stattdessen konzentrierte ich mich auf die wachsenden Anforderungen der Schule. Auch der Junge meiner Arbeitgeberin machte immer mehr Arbeit. Er war

inzwischen zu einem temperamentvollen sechsjährigen Knaben herangewachsen, der viel Aufmerksamkeit forderte.
Ständig kam er zu mir
„Lisbeth spielen!"
Beim Essen nörgelte er. Wohl nicht, weil es ihm nicht schmeckte. Nur so. Er wollte Aufmerksamkeit. Ausprobieren, wie weit er gehen konnte. Wenn er ins Bett sollte, bestand er darauf, dass ich ihm eine Geschichte vorlas. War sie zu Ende, bettelte er um eine weitere. Ich ließ mich überreden. Meist schlief er dann beim Vorlesen ein.
Wenn ich abends endlich alle Arbeiten im Haus erledigt hatte, setzte ich mich an die Bücher und studierte, bis mir die Augen zu fielen.
Für andere Unternehmungen fehlten die Kraft und die Zeit – und das Verlangen. Dennoch gefiel mir dieses Leben.

*

Mit 17 erlebte ich immer öfter, dass mich die Männer auf der Straße mit ihren Blicken verfolgten, mir wurde bewusst wie sehr ich ihre Aufmerksamkeit erregte. Ich fühlte mich geschmeichelt. Im Vorbeigehen wurden mir Liebeserklärungen zugeflüstert. Manchmal auch provozierend unanständige Angebote. Das war in Brasilien nicht unüblich und allem Anschein nach nicht verletzend gemeint. Es gehörte einfach dazu. Mich nur bewundernd anzuschauen und nichts zu sagen hätte Schwäche, Feigheit oder Phantasielosigkeit bedeutet. Ich gewöhnte mich daran und fand es schmeichelhaft. Nahm es als das, was es war. Bewunderung und Verehrung. Sie galten wohl weniger meiner Person, waren Komplimente für mein schönes Aussehen. Dennoch. Ich genoss es.

Manche, besonders jüngere Männer verfolgten mich. Suchten meine Nähe. Wollten wissen, wo ich hinging, wo ich wohnte. Ich hörte nicht auf sie. Ging weiter. Ich wusste, wenn ich Halt machte und mich in eines der Straßencafés setzte, blieb ich nicht allein, und mit einem Kompliment oder einer Liebeserklärung begann ein Flirt, der in einer Einladung endete.

Ab und zu, wenn ein Typ mir gefiel, ging ich spielerisch darauf ein. Weniger aus Interesse als aus Neugier oder Langeweile, denn eigentlich interessierten mich die jungen Männer nicht. Es war ein Gesellschaftsspiel. Und es gefiel mir.

Spätestens bei der zweiten Verabredung machten sie sich Hoffnungen, und es wurde offensichtlich, was sie wollten. Immer das gleiche Ziel wie damals bei João. Und dann war es aus bei mir.

Ein Junge war besonders hartnäckig. Er sah gut aus, war bescheiden, machte mir sogar kleine Geschenke, und eines Tages stand er vor der Türe und lud mich ein, mit ihm auszugehen. Er war nicht zudringlich, eher ein wenig zu verliebt und unbeholfen. Ich sagte zu. Es war angenehm mit ihm. Er war aufmerksam,

brachte mir Blumen, konnte ebenso gut zuhören wie erzählen. Er hatte viel gelesen. Ein Jahr lang waren wir befreundet. Immer wieder lud er mich ein, und wir gingen mit einander aus. Aber es passierte nichts zwischen uns.
Danach war ich neugierig, wie es mit anderen Jungen sein würde. Eine Einladung folgte der anderen. Eine Weile war das spannend, und ich konnte nicht genug davon bekommen.
Doch es war nicht das was ich wollte. Jungs interessierten mich nicht. Sie waren durchschaubar. Was sie wollten, mochte ich nicht. Ich wollte kein Versuchsobjekt für ihre pubertären Träume sein. Eher hatte ich Augen für erfahrene Männer. Sie zogen mich an. Machten mich neugierig.
Meine Schulkameradinnen meinten, es läge daran, dass ich nie einen Vater gehabt hatte und auch meine Mutter mir keine Zärtlichkeit geschenkt hatte. Vermutlich hatten sie recht. Ich hatte die Vorstellung, reifere Männer wären einfühlsamer, wollten nicht immer nur das eine, würden mich nicht nur sexuell besitzen wollen wie die jungen Draufgänger.
Ich wünschte mir, als Person respektiert und geliebt und umsorgt zu werden. Und diese Fähigkeiten strahlten nur Männer aus, die ein gewisses Alter und viel Erfahrung besaßen und nicht nur auf den schnellen Eroberungserfolg aus waren. Sie sahen auch besser aus. Waren viel interessanter, und ich konnte mich schnell in sie verlieben. Bei solchen Männern

hoffte ich, viel mehr erleben und lernen zu können als bei gleichaltrigen. Sie machten mich neugierig. Ich träumte von neuen, ungeahnten Lebenserfahrungen.

*

Ich war nun schon öfter ausgegangen, aber bisher hatte ich mit keinem Mann geschlafen. Damit hatte es für mich auch keine Eile. Ich wollte warten, bis ich 18 war.
Als diese Zeit gekommen war, hatte ich ein besonders freundschaftliches Verhältnis zu einem Busfahrer, dem ich täglich begegnete, wenn ich von der Schule nach Hause fuhr. Wenn ich einstieg, sah er mich liebevoll mit seinen freundlichen, väterlichen Augen an. Ich lächelte zurück, sprach dann und wann ein paar Worte mit ihm. Bisweilen blieb ich noch im Bus, obwohl ich eigentlich schon hätte aussteigen müssen. Ich wusste, dass die nächste Station Endstation war und er dann aufstehen und sich zu mir setzen würde. So ging es eine ganze Weile. Inzwischen wusste ich, dass er 42 Jahre alt war und dass er Frau und Kinder hatte.
Dennoch lud er mich ein, zusammen auszugehen und machte mir kleine Geschenke.
Sein Name war Luíz. Er interessierte mich. Und er gefiel mir. Er war ein sehr attraktiver Mann. Natürlich wollte ich ihn nicht heiraten. Überhaupt wollte ich

nicht heiraten. Meine Freiheit wollte ich für immer behalten.

Ich beschloss, dass Luíz der erste Mann sein sollte, mit dem ich schlief.

Es war nicht schwer, mein Ziel zu erreichen. Er lud mich ein, und ich folgte ihm. Wir besuchten Restaurants und plauderten miteinander. Kleine zärtliche Gesten erlaubte und erwiderte ich. Einige Monate ging das so. Dann wollten wir beide mehr. Wir mieteten uns ein Hotelzimmer.

Ich wurde nicht enttäuscht.

Er ahnte nicht, dass ich noch Jungfrau war, aber er berührte mich so behutsam, streichelte mich so liebevoll und ohne jede Eile, an sein Ziel zu kommen, dass ich es kaum erwarten konnte, und immer sehnlicher auf den kleinen Schmerz wartete, von dem meine erfahreneren Freundinnen mir erzählt hatten. Und als es so weit war, genoss ich es, genau mit diesem von mir auserwählten Liebhaber schmerzhaften Abschied von meiner Unschuld zu nehmen.

Er hatte es nicht bemerkt. Erst als ich mich von ihm löste und ermattet neben ihm lag, wurde er gewahr, was geschehen war.

„Danke dafür", flüsterte er bewegt.

Er wischte mich liebevoll sauber, streichelte und küsste mich.

Wortlos zogen wir uns an. Während er das Zimmer bezahlte, stieg ich heimlich in ein Taxi und fuhr rundum glücklich davon.

Seine Anrufe landeten auf dem AB. Ich hörte sie nicht einmal ab. Ich traf ihn nie wieder. Es sollte einmalig bleiben.

*

Meine Mutter hatte mich christlich erzogen. Obwohl, eigentlich auch wieder nicht. Wir sprachen nicht über Gott, Gebote und Christentum. Aber jeden Sonntag sind wir zusammen in die Kirche gegangen. Nur selten folgten ihr die anderen Geschwister. Ich dagegen liebte die feierliche Festtagsstimmung und den Duft, der das Kirchenschiff erfüllte. Vor allem genoss ich die Nähe meiner Mutter.

Gemeinsam entflohen wir sonntags unserem erbärmlichen Leben. Ausflüge von Mutter und Tochter in eine andere, heile Welt. Aber auch nicht mehr.

Schon damals, war für mich der Kirchgang einfach nur als ein schönes Ritual. Die lateinischen Worte des Geistlichen nahm ich als feierliche Melodie wahr, eingebettet in Orgelmusik und Gesang, Weihrauchnebel verströmend, gekrönt am Ende durch den zarten Klang des erlösenden Glöckchen der heiligen Wandlung.

Ich machte mir keine Gedanken darüber, ob es wirklich einen Gott gab oder nicht, ob er unsere Schritte

beobachtete und lenkte, ob er uns Gebote gegeben hatte und Strafen androhte. Vielleicht war ich noch zu klein. Ich lebte unbekümmert in die Welt hinein. Ohne Angst vor der Hölle und bange Hoffnung auf das Paradies.
Was gut und gottgewollt war, fühlte ich selbst. Entschied ich für mich allein. Ohne groß nachzudenken.
Nur wenn ich ganz besonders glücklich war, hatte ich das Verlangen, Gott dafür danken zu können. Wer das war, den ich dann Gott nannte, und ob er wirklich da war oder gar mich hörte, das war nicht so wichtig. Ich flüsterte einfach ein Dankesgebet.
Und so war es geblieben.
Noch im Taxi entlud sich meine Freude und Dankbarkeit in ein Gebet. Ich war unfassbar dankbar. Ich war meiner inneren Stimme und einem wunderbaren Plan gefolgt. Ich fühlte mich einig mit Gott und dankte ihm und Luíz für den glücklichen Ausgang meines Abenteuers.
Abenteuer? Nein. Zielsicher hatte ich meinen Weg vom Mädchen zur Frau gewählt. Konsequent war ich dem eingeschlagenen Weg bis zum Ende gefolgt.

Bald lernte ich einen anderen Mann kennen und verliebte mich. Der war sogar bereits 48 Jahre alt. Auch mit ihm ging ich aus. Und mit vielen anderen.
Wo immer ich mich bewegte, egal, ob im Supermarkt, auf der Straße, im Bus, überall fanden und verfolgten mich begehrliche Blicke. Die ganze Welt war voller

lustvoller Angebote. Ich brauchte nur zuzugreifen. Und ich griff zu. Ich konnte nicht genug bekommen von meinen neuen Erlebnissen. Ich wollte mehr und mehr. Lebte von Einladung zu Einladung.

Es war ein Hochgefühl, immer wieder von Neuem. Ich erlebte und lernte unendlich viel Ungeahntes. Ich genoss meine Freiheit und die Liebe und Bewunderung, den Rausch der schnellen Abenteuer neuer Dimensionen der Daseinsfreude. Ich wusste, dass ich erst jetzt wirklich ich selbst zu sein begann.

Ich lebte in einem Freudentaumel, der mich alles andere vergessen ließ. Ich hatte keine Lust mehr im Hause zu arbeiten und begann, die Schule zu vernachlässigen. Im Unterricht konnte ich den Worten der Lehrer kaum mehr folgen, in Gedanken war ich ganz woanders, ich drohte fortgesetzt einzuschlafen. Meine Noten wurden schlechter.

Ich wollte die Schule ganz aufgeben. Aber meine Dueña wollte nichts davon wissen. Ich sollte unbedingt weitermachen. Wenigstens noch das fehlende halbe Jahr bis zum Schulabschluss. Sie überzeugte mich.

Viel investierte ich nicht mehr in dem halben Jahr. Aber es reichte zum erfolgreichen Abschluss. Danach machte ich sogar ein weiteres halbes Jahr weiter bis zur Prüfung für den Universitätszugang. Ich schrieb mich am Centro Universitário do Espirito Santo ein. Marketing interessierte mich, und ich besuchte, alle Vorlesungen, die ich zu diesem Thema hören konnte.

Nach einem Semester brach ich das Studium ab.
Ich hatte lange genug nur zugehört, nur aufgenommen, gelernt, gelernt, gelernt. Ich hatte das Gefühl, dass ich mein Leben verstreichen ließ, ohne es auszukosten. Dass ich immer nur Vorbereitungen für die Zukunft machte: Schule, Studium, Karriere. Alles für später. Für was für eine Zukunft eigentlich das alles?
Ich wollte endlich richtig leben. Und zwar jetzt sofort. Wollte mich bewundern lassen, schön, wie ich jetzt war und in 20 Jahren gewiss nicht mehr. Wollte die Gegenwart genießen. Wollte fremde Lippen küssen und meine herrlichen Brüste bewundernd berühren lassen, solange sie noch so schön, jung, fest und verführerisch waren.
Wollte nicht warten, bis sie zusammen mit mir schlaff hinter einem Marketing-Managerin-Schreibtisch dahinwelken würden.

*

Ich stürzte mich in Abenteuer mit Männern, bis sie nicht mehr viel Neues brachten. Aber die Nachfrage blieb. Steigerte sich sogar noch. Mir schien, die ganze Stadt wollte mit mir schlafen. Es trieb mein Selbstbewusstsein in ungeahnte Höhen, so begehrt zu sein.
Ich wurde mit Geschenken überschüttet. Meine Erfolge stiegen mir in den Kopf und es kam die Neugier, auszuprobieren, ob ich mit meiner Attraktivität nicht vielleicht viel Geld verdienen könnte.

Ich ging systematisch vor und versuchte, anzuwenden, was ich an der Uni über Existenzgründung, Marktanalyse und Produkteinführung gehört hatte. Ich wusste, ich war ein Produkt der höchsten Preisklasse. Dementsprechend testete ich meine Marktchancen. Ich wählte einzelne Testpartner im obersten Preissegment aus. Zunächst, sozusagen zur Produkteinführung, noch umsonst. Im Supermarkt verlangte ich nach dem Marktleiter. In der Bank den Bankdirektor. Ich schaffte es in dem größten Industriebetrieb der Gegend unter dem Vorwand einer Bewerbung bis zum Personalchef. Die Erfolgsquote war riesig.

Wider Erwarten war die Personengruppe interessanter als vermutet. Zwar wollten letztlich alle dasselbe – sie waren verheiratet, unsere Beziehung musste geheim bleiben, aber spätestens beim zweiten Treffen endete alles im Hotelzimmer. Sie kannten mich überhaupt nicht. Waren nicht verliebt, nur auf ein Abenteuer aus. Ich war ein sexuelles Schnäppchen. Trotzdem gefiel mir meine Rolle. Jeder Mann war anders. Vom Quicky bis zum nicht enden wollenden Schmusen, von zupackendem Sex ohne Worte bis zum schüchternen Zaudern. Ich ging auf alles ein, so gut ich konnte. Meine kostenlose Markteinführung machte Spaß. Bis zur Produktreife lernte ich noch einmal eine Menge dazu.

Allerdings gab es ein Problem. Schwieriger als die Akquisition war es, die Liebhaber wieder loszuwerden. Sobald ich mich mit einem Mann eingelassen hatte,

wollte er mehr. Drängte auf ein nächstes Date. Wollte mich als heimliche Geliebte oder gar als Freundin. Wollte mich an sich binden, wie auch immer.
Wie sollten meine Opfer auch wissen, dass ich es nicht auf eine Liaison abgesehen hatte, sondern lediglich auf ein paar Stunden vergnüglichen Sex? Ich wollte keine Bindung.
Dann ging ich dazu über, Geld zu verlangen.

*

Die Nachfrage war da. Das wusste ich aus der kostenlosen Einführungsphase. Aber wie an zahlende Kunden herankommen? Ich konnte und wollte mich nicht einfach auf die Straße stellen, mich als Straßennutte zu erkennen geben und Männer ansprechen. Wäre wohl auch illegitim gewesen.
Wenn ich mich in einem Café an ein freies Tischchen setzte, blieb ich nicht lange allein. Aber die Verehrer, die dort meine Nähe suchten, wollten flirten. Suchten ein Date. Wollten dann natürlich auch mehr.
„Gehen wir zu mir oder zu dir?"
Wenn ich ablehnte, kamen sie nicht auf den Gedanken, Geld zu bieten. Und es von mir aus zu verlangen, schaffte ich nicht. Da war ich blockiert.
Mich zu einem Single dazu setzen? Das lief dann nicht besser als umgekehrt, wenn sie sich zu mir setzten. War nur peinlicher.

Statt bei Tage im Straßencafé versuchte ich es abends in der Bar des Plaza Hotels in Colatina. Um der Hotelleitung nicht gleich aufzufallen, mietete ich mir ein Zimmer, und gegen Mitternacht setzte ich mich an den Bartresen.
Und siehe da, ich blieb nicht lange allein.
„Darf ich?" - Noch ehe ich etwas hatte bestellen können, setzte sich Hotelgast zu mir, der vorher an einem der Tische am Rande der Bar gesessen hatte.
„Wozu darf ich dich einladen? Was trinkst Du?" begann er.
Die vertrauliche Anrede war eindeutig. Ihm war klar, worauf ich aus war. Nun ja, es lag ja in meinem Interesse, als verfügbar erkannt zu werden.
Ich fürchtete einen Trick des Hotels, mich und meine Absichten zu überprüfen, und wollte das kaum versteckte Angebot erst noch auf seine Echtheit prüfen.
„Wenn Sie mich einladen möchten, sehr liebenswürdig. Einen Caipi bitte. Und Sie? Was trinken Sie?"
„Ich fände es schön, wenn wir das Gleiche trinken."
Um den Schein zu wahren, rückte ich ein wenig von ihm ab. Aber nur ein wenig.
Er gab dem Barkeeper ein Zeichen, nannte seine Zimmernummer und bestellte zwei Caipi. Dann stellte er sich vor:
„Darf ich mich Ihnen bekanntmachen?", verfiel er brav in das von mir erzwungene „Sie".
„Ich bin Argentinier. Carlos José García Lagos. Bin nur auf der Durchreise."

„Und, wie gefällt Ihnen die Stadt?"
„Kann ich nicht sagen. Ich bin erst am Abend angekommen. Hab eben etwas gegessen und wollte noch einen kleinen Drink nehmen, bevor ich schlafen gehe. Morgen geht es weiter."
„Schade. Dann sehen wir uns also nur heute Abend."
„Immerhin, schön, dass wir uns überhaupt getroffen haben."
Die Caipis standen vor uns.
„Salud! Señorita!"
„Nennen Sie mich Lissi für diesen einen schönen Abend!"
Er schaute auf die Uhr. Eine kostbare Schweizer IWC.
„Der Abend ist bald vorbei."
„Wir könnten ihn ja nach Belieben verlängern."
„Mit Vergnügen. Salud Lissi!"
„Salud Carlos, wenn ich es recht verstanden habe."
Die Gläser stießen an einander.
„Hörte ich recht, ‚Verlängern'?"
„Wenn Sie wollen, die ganze Nacht, wenn Sie so viel ausgeben möchten."
Er wollte. Ich verlangte das Fünffache meines Zimmerpreises, und er willigte sofort ein. Ich hätte mehr nehmen sollen.
„Wollen wir noch einen Drink?"
„Mit Vergnügen."
„Richtig so. Vorfreude ist die beste Freude."
Als ich mein Glas gelehrt hatte, stand ich auf. Seine Zimmernummer hatte ich mir gemerkt.

„Auf eine gute Nacht!"
Er war ein wenig überrascht.
„In einer halben Stunde? Ist das OK?", fragte ich leise, und ohne eine Antwort abzuwarten, verließ ich die Bar. Mein abenteuerliches Leben als Prostituierte hatte begonnen.

*

Ausgehen, OK. Manchmal hatte ich einfach Lust darauf. Warum nicht? Ich wollte ja nicht immer nur arbeiten.
Was danach kam, musste bezahlt werden. Das schaffte die gewünschte Distanz. Ich vermietete mich für eine Stunde oder zwei, auch mal für eine ganze Nacht. Hinterher bekam ich mich zurück. Meine Liebhaber schienen das für ganz normal zu halten. Es war eine klare Linie: Es sollte Spaß machen und danach würde alles vorbei sein. Keiner dachte daran, mich für sich allein haben zu wollen. Wenn es ihnen – und mir – gefallen hatte, stand es ihnen frei, mich erneut zu mieten.
Die furchtbare Erinnerung an João war überwunden, seit ich mir meine Partner selbst aussuchte. Und da ich nur solche wählte, die mich interessierten, fielen mir meine Serviceleistungen leicht. Mehr noch, von Ausnahmen abgesehen, machten sie mir Spaß. Mehreres kam da zusammen: Die Männer, die ich an mich heran ließ, wollten mich haben, weil sie mich schön

und sympathisch fanden. Folglich wollten sie mich gewinnen, machten mir Komplimente redeten mit mir über sich und ihr Leben. Manchen genügte das bereits, und wir trennten uns wie Freunde auf Zeit.
Besonders genoss ich es, wenn ich spürte, wie glücklich und dankbar ein Mann war, ein so schönes Wesen wie mich berühren, streicheln und an sich ziehen und für eine Weile besitzen zu dürfen. Welche Frau würde es nicht genießen, sich den scheuen Zärtlichkeiten eines Bewunderers hinzugeben und sie lustvoll zu erwidern?
Und all das ohne mich auch nur im Geringsten zu binden!
Natürlich bevorzugte ich gut aussehende Männer. Nicht im Sinne von 007. Nein. Keine Männer, die sich in ihrer Männlichkeit sonnten. Keine Machos. Am liebsten etwas reifere, erfahrene Männer, die mich bewunderten und in deren Armen ich mich gut aufgehoben fühlte. Männer, die die Zeit längst hinter sich hatten, in der sie ihre Eroberungen auf Partys und in Discos gemacht hatten.
Jedes Mal war es anders. Seltsam. Seit ich mich verkaufte, war alles viel lockerer. Als Kunden machten sie kein Geheimnis daraus, was sie wollten. Es schien das Natürlichste der Welt zu sein. Waren wir uns einig, entstand eine zeitlich begrenzte zwar geschäftliche, aber meist freundschaftliche Zusammenarbeit. Man begegnete sich auf Augenhöhe. Und dennoch – oder gerade deshalb? – jeder einzelne war für mich

eine Person, die es zu erkunden und zu verstehen galt. Mit jedem Partner öffnete sich mir eine neue Welt und mit ihr neues eigenes Verlangen.

Zu meiner Überraschung entdeckte ich in mir einen unerwartet aufregenden Reiz: Ich stellte fest, dass besonders reiche Männer eine große Anziehungskraft auf mich hatten. Nicht des Geldes wegen, das sie für mich ausgaben – das natürlich auch. – Nein, ein finanzkräftiger Mann in wirtschaftlicher oder politischer Machtposition weckte ein ganz besonderes, eigentümlich erotisches Verlangen in mir.

Obwohl meine sexuellen Kontakte ausnahmslos gegen Bezahlung stattfanden, hatte ich ein erfülltes Liebesleben. Nicht selten hatte ich das Gefühl, dass eigentlich ich diejenige hätte sein müssen, die zu bezahlen hatte und nicht mein Liebhaber.

Nicht im Geringsten hätte ich Lust gehabt, mit einem Partner zusammenzuleben. Eine furchtbare Idee. Nein, ich schwelgte in der Unabhängigkeit und Unverbindlichkeit meiner erotischen Vergnügungen. Auf die Beziehungsprobleme meiner früheren Schulkameradinnen konnte ich gut verzichten. Eine Ehe schien mir auch für die Zukunft unvorstellbar.

*

Ich konnte gut von meinen Einnahmen leben und verließ das Haus, in dem ich so gute Jahre verbracht hatte.

Das Herumstreunen in Hotelbars war im Allgemeinen erfolgreich. In einigen Hotels kannte man mich inzwischen. Vermittelte mich sogar bisweilen, wenn ich aufkreuzte. Aber auf Dauer war es mir zu riskant. Natürlich hatte ich kein Gewerbe angemeldet, und wenn mich ein Portier auffliegen ließe... Lieber nicht.

Ich zog in ein Freudenhaus, um mich nicht in der Öffentlichkeit oder heimlich in Hotels anbieten zu müssen. Die Miete war hoch, doch ich verdiente nicht schlecht. Aber die Arbeit gefiel mir nicht. Atmosphäre und Klientele entsprach nicht meinen Vorstellungen. Ich war Besseres gewöhnt, bevorzugte freie Auswahl der Partner und wollte nur tätig werden, wenn ich dazu in Stimmung war.

Um mich meinem Niveau und meinen Vorstellungen entsprechend zu vermarkten, bewarb ich mich in dem noblen Nachtclub ‚*O Unicórnio*' und bekam eine Stelle als Tänzerin. Ich erhielt keinen festen Lohn. Man stellte mir lediglich ein Zimmer zur Verfügung. Ich sollte jeden Abend in Abwechslung mit anderen Mädchen tanzen, durfte mich dann unter die Gäste mischen, und was ich danach verdiente, ging auf eigene Rechnung.

Ich war vermutlich das begehrteste Mädchen im *Unicórnio*. Jedenfalls konnte ich mir mühelos die Männer aussuchen, die ich wollte. Bald hatte ich reichlich zahlungskräftige Stammkunden. Leicht hätte ich von meinen Einnahmen ein Apartment mieten und völlig unabhängig allein von diesen Klienten leben können. Aber die Arbeit im Club gefiel mir. Ich liebte es, zu tanzen, mich zur Schau zu stellen, bewundert zu werden, zu flirten und dann, bei freier Wahl, mich von einem gut zahlenden niveauvollen Mann verwöhnen zu lassen. Ich glaube, ich war nach wenigen Tagen bereits der Star des Etablissements.

Vom Marketingstudium her kannte ich die Wichtigkeit der Farben auf die Akzeptanz eines Produktes. Nun probierte ich die Wirkung in der Praxis an mir selbst aus.

Hatte ich an einem Abend Lust auf einen dezenten vornehmen Herrn, wählte ich bereits für die Tanzvorführung einen schwarzen Bikini, und setzte mich anschließend in einem zwar die Figur betonenden, aber doch eher dezenten engen schwarzen Kleid zu den Gästen an der Bar. Hatte es einen tiefen Ausschnitt, versteckte ich meinen Busen unter einem feinen Schleier oder, wie es seinerzeit Mode war, mit einem hübschen kleinen Bolero, der mehr sehen ließ als er versteckte.

Wollte ich lustvollen vitalen Sex, wählte ich rot, trug einen Push-up, zeigte viel Bein und ein aufreizendes Dekolleté.

Weiß lief nur als Bikini. Nicht aber bei der Akquisition danach. Erinnerte die Herren wohl zu sehr an Hochzeit. Trug ich beim Tanz dennoch einen weißen Bikini – was ich eigentlich sehr gern tat - kam ich anschließend in geheimnisvollen dunklen Lila von der Umkleide zurück zu den Gästen. Besonders ausländische Touristen lockte das an.

Für Pink war ich mir zu schade. Passte auch nicht zu meinem dunklen Teint.

Beim Karneval trug ich gelb: Highheals, Bikini, Kopfschmuck, alles grell gelb, verziert mit roten Papierrosen, und dazu einen roten Fächer. Ich wurde bewundert und umschwärmt und ich genoss das bunte Leben.

Ich fühlte, ich lebte ein gottgefälliges Leben. Tat genau das, wofür mich Gott geschaffen und ausgestattet hatte. Lebte so wie es mich glücklich machte. Und es machte mich glücklich. Und viele andere auch. Das wusste ich.

Sünde? Nicht einmal der Gedanke kam auf. Ich tat nichts Böses. Stahl nicht, betrog keinen, nutzte niemanden aus. Ich war mit Gott und der Welt im Frieden.

*

Mehrere Jahre verbrachte ich so als tanzende Tophure im Club ‚*O Unicórnio*'. Ich verdiente gut, aber die Arbeit hatte ihren prickelnden Reiz verloren, wurde zur Routine. Zeit für eine Veränderung. Ich wollte die Welt kennenlernen und hörte mich bei ausländischen Kolleginnen nach Möglichkeiten um. Die meisten waren aber nach Brasilien zurückgekommen, weil es ihnen hier besser gefiel und rieten ab, Brasilien zu verlassen.

Anders einer meiner Kunden: Ohne dass ich ihn mir ausgesucht hätte – er war nicht übermäßig attraktiv aber ganz OK und zahlte sehr gut – hatte ich einen deutschen Stammgast. Er wollte sich ausschließlich mit mir ins Chambre Séparée zurückziehen, meine Kolleginnen wies er ab. Er bot mir an, mit ihm nach Deutschland zu kommen. Ich könne bei ihm sehr viel mehr Geld verdienen als hier.

Ich lehnte ab. Hatte Mistrauen. Zu viel hatte ich von Entführung ins Ausland und Menschenhandel gehört. Ich erinnerte mich an den roten Lieferwagen. Allerdings würde es diesmal wohl eher eine schwarze Limousine sein...

Ich beschloss, mich umzusehen und dann lieber auf eigene Faust, vielleicht mit einer Freundin nach Europa zu gehen. Am liebsten nach Portugal, wegen der Sprache. Anderseits warum nicht nach auch Deutschland, wenn man da so gut verdienen konnte?

Nach Wochen kam er wieder und erneuerte sein Angebot. Ich sollte in einem Haus wohnen und arbeiten, das ihm gehörte. Er wollte mir Papiere besorgen, und ein Flugticket bezahlen. Mit zeitlich unbegrenzt gültigem Rückflug. Ich sei völlig frei und könne jederzeit wieder zurück nach Brasilien.

Dass ich kein Wort Deutsch konnte, schien er nicht so schlimm zu finden.

„Das wirst du schnell lernen. Außerdem sprichst du sehr gut Englisch. Das reicht vollkommen. Wir verständigen uns ja auch hier die ganze Zeit mühelos auf Englisch."
Auf meine Frage, wie viel ich verdienen würde, wiederholte er nur, dass es mindestens das Doppelte von dem sei, was ich jetzt bekomme.
Ich bat mir Bedenkzeit aus. Hatte Angst. Andererseits, vielleicht könnte ich nach einiger Zeit mit viel Geld nach Brasilien zurückkommen. Schließlich sagte ich zu.

Es klappte alles wie er es vorausgesagt hatte. Meine Angst vor dem roten Lieferwagen erwies sich als unbegründet. Ich hatte meinen Pass behalten und das versprochene Rückflugticket bekommen. Ich arbeitete in Kaiserslautern. Zusammen mit etwa einem Dutzend anderer Mädchen im selben Haus. Ich hatte mein eigenes Zimmer, musste zwar an den Deutschen eine ziemlich hohe Miete zahlen, aber was ich einnahm, durfte ich behalten, und da ich rund um die Uhr arbeitete, blieb sogar weit mehr für mich übrig als er versprochen hatte.
Drei Monate ging es so. Ich war ziemlich erschöpft und wurde krank. Fieber, Blasenentzündung und andere schmerzhafte Beschwerden, die nicht aufhören wollten. In dem Zustand konnte ich nicht weiter arbeiten.

Ich sagte, dass ich zurück nach Brasilien wolle, um wieder gesund zu werden. Er hatte keine Einwände.
„Fahr nach Hause und erhol dich. Ist wohl das Beste im Augenblick. Wenn du gesund bist, kannst du wiederkommen, wann immer du willst. Den Flug müsstest du dann allerdings selbst bezahlen."

Mit viel Geld kam ich nach Brasilien zurück. So viel, dass ich mir ein Auto und ein kleines Haus kaufen konnte. Natürlich nicht schuldenfrei. Das Haus lag außerhalb der Stadt und war größtenteils von einer Bank finanziert. Die Finanzierung war nicht billig, denn man hatte mir geraten, wegen der Inflation die Hypothek nicht in Dollar sondern in brasilianischen Real eintragen zu lassen. Das kostete höhere Zinsen, aber durch die ständige Geldentwertung würde sich die reale Belastung schnell verringern. Einer meiner Träume erfüllte sich: ich besaß ein Haus an meinem Heimatort und fand es wunderbar, darin zu wohnen.

Als ich mich wieder gesund genug fühlte, durfte ich auch wieder im Unicórnio arbeiten.
Ich war glücklich, wieder zurück zu sein. Das Leben in Brasilien war nicht vergleichbar mit den Lebensverhältnissen Deutschland.
Hier in meiner Stadt fühlte mich wieder frei. Endlich konnte wieder in meiner Muttersprache reden, und jeder verstand mich.

Der größte Unterschied aber war die Arbeit. Das Bordell in Kaiserslautern war ein schäbiges Mietshaus in einem düsteren Stadtviertel. Grelle Neonreklamen versprachen, was geboten wurde. Die Kunden kamen als traurige, einsame Gestalten heimlich angeschlichen, bezahlten, verrichteten, was sie verrichten wollten und gingen so anonym wieder weg wie sie gekommen waren. Man wusste eigentlich nicht, warum sie gekommen waren. Hatte es ihnen überhaupt Freude gemacht? Zumindest zeigten sie es nicht.

Im *Unicórnio* war alles ganz anders. Die Männer kamen locker hereinspaziert, wie wenn sie gerade mal für ein Stündchen ihren Gaul an der Hauswand eines Saloons angebunden hätten. Sie trafen Bekannte, tranken, scherzten, lachten, warfen mit anzüglichen Komplimenten um sich, plauderten mit ihren Freunden und mit den Mädchen - zunächst unverbindlich an der Bar, und dann, wenn es sich ergab, zogen sie voller Lebensfreude mit einer Flasche Champagner – oder auch ohne – mit einer von uns ins Chambre Séparée, als wäre es das Natürlichste von der Welt. – Und war es das denn nicht auch? Wozu hat Gott denn die Lust erschaffen? Gewiss nicht, um sie zu verbergen, zu unterdrücken und sie nur in Heimlichkeit genießen zu lassen. Nein. Ich war froh, dass Männer so waren wie sie waren. Dass sie Freude an mir hatten – und ich an ihnen.

Für Jahre war João vergessen. Als wenn er aus einer anderen Welt gewesen wäre. Aber eigentlich hätte ich wissen müssen, dass es überall immer wieder Männer wie ihn gab. Dass ich unweigerlich auch solchen irgendwann wieder begegnen würde.

3. Kapitel

Das *Unicórnio* lief gut. Es galt als teurer aber seriöser Club. Dementsprechend waren die Gäste. Sie zahlten gut und – von Ausnahmen abgesehen – verhielten sie sich den Mädchen gegenüber als faire `Cavalheiros`. Die Mädchen hatten genug zu tun. Wohl daher gab es kaum Zickenkriege unter ihnen. Natürlich kam es vor, dass ein Gast an einem Tage die eine nahm und beim nächsten Mal zu einer anderen wechselte. Aber das nahm man nicht übel. Dann kam halt ein anderer. Stammkunden waren natürlich gut. Aber Neukunden waren interessanter. Wir waren ein gutes Team.
Dennoch trieb es mich weg. Ich wollte in der Welt herumkommen. Außerdem wegen des Geldes. Immerhin hatten mir die wenigen Wochen in Deutschland so viel gebracht, dass ich jetzt ein Auto und ein Haus besaß.
Aber ich wollte nicht wieder nach Deutschland. Ich will nicht klagen, ich hatte gut verdient, die Arbeit war OK gewesen, aber die Atmosphäre in meinem Business hatte mir nicht gefallen.
Ich dachte an ein anderes EU-Land. Wegen der Sprache am liebsten Portugal oder Spanien. Und diesmal nicht allein. Ich suchte mir eine Partnerin. Ich hatte Glück. Luiza, eine meiner Kolleginnen, hatte einen spanischen Kunden aus Madrid, und er nannte ihr dort eine Adresse.

Also verkaufte ich meinen schönen Ford Mustang - rostig, aber mit Stil - besorgte die Tickets, und weg waren wir.

Wir hatten Glück und konnten wirklich in dem Haus arbeiten, von dem Luizas Kunde gesprochen hatte. Aber es war nicht das, was wir erwartet hatten. Ein verkommenes Haus in einem düsteren Viertel. Kunden, die der Portier des *Unicórnio* nicht eingelassen hätte. Sie betrachteten uns nicht als Menschen, sondern als Ware. Und mit dieser Ware, die sie bezahlt hatten, glaubten sie, machen zu können, was sie wollten.

Wir waren wahrhaftig besseres gewöhnt, blieben ein paar Tage, um unsere Reisekasse aufzufüllen, und zogen weiter.

Zunächst Valladolid – die gleiche Pleite. Dann Barcelona: noch schlimmer. Unbeschreiblich eigentlich. Daher keine Worte darüber.

Luiza gab auf. Obwohl sie von Barcelona begeistert war – als Stadt, nicht als Arbeitsplatz in unserem Gewerbe. Sie hatte dort eine Tante, bei der sie noch eine Weile blieb und flog danach zurück nach Hause.

Ich wollte noch einen letzten Versuch in Spanien machen: Mallorca. Touristenparadies für Deutsche, sagte man. Allemal schöner als Kaiserslautern. Für eine Saison wollte ich dort bleiben.

*

Ich nahm alle meine Kraft zusammen und entfloh der zermürbenden Arbeit in Barcelona. Ich suchte Ruhe, wünschte mir Zeit zum Nachdenken, und fuhr mit der Fähre nach Mallorca.
Palma gefiel mir. Schon vom Schiff aus. Vor dem blauen Himmel die riesige Kathedrale, umgeben von Grünanlagen, daneben der Eingang in die Altstadt, der Bootshafen und die Palmen der kilometerlangen Uferpromenade, die sich bis zur alten Festungsburg hinzuziehen schien. Auf der anderen Seite sah man in der Ferne die Strände von Playa de Palma.
Ich ließ mein Gepäck in einem Restaurant am Hafen und schlenderte die Promenade entlang bis zur Kathedrale. Gegenüber suchte ich mir einen schattigen Platz in einem der vielen Straßencafés, bestellte mir einen Cortado und beobachtete die Fauna.
Ich ließ die Menschen vor mir vorbeiziehen, überwiegend Touristen. Deutsche, Franzosen, Engländer, aber auch erstaunlich viele Spanier. Urlauber vom Festland? Kaum jemand schien Mallorquín zu sprechen.
Doch, die Stadt gefiel mir. Ich konnte mir gut vorstellen, hier zu leben. Wie mochte es mit Arbeit sein?
Bei meinem Erkundungsgang durch die Altstadt kam ich zur Kirche San Francesco (de Assisi), einer riesigen alten Basilika. Gotisch? Barock aufgefrischt? Zumindest nicht reinrassig.
Eine portugiesisch sprechende Reisegruppe kam mir im Eingang entgegen. Erfreut, meine Muttersprache

zu hören, sprach ich sie an. Sie erzählten von einem anmutigen Kreuzgang, den ich unbedingt besichtigen müsse.

Ich bin nicht so sehr für Besichtigungen. Doch aus Höflichkeit folgte ich ihrer Empfehlung und ging in die Kirche. Im dunklen Kirchenraum fand ich nicht sogleich den Zugang zum Kreuzgang, wurde dann aber im Seitenschiff für mein Suchen belohnt. Aus dem Dunkel der Kirche trat ich einen lichten, fast quadratischen Säulengang mit unendlich vielen gotischen, zum Teil auch ein wenig maurisch anmutenden Spitzbögen. Später erfuhr ich, es waren 115. In der Mitte eine Grünfläche mit wenigen hohen Palmen, einer großen Zypresse und Rosen, die einen Brunnen umsäumten. Totenstille. Kein Mensch außer mir.

Berührt von der Einsamkeit des Ortes setzte ich mich im Bogengang auf eine schattige Steinbank und lauschte dem Schweigen, das mich umgab. Kein Laut des aufgeregten Treibens von draußen schien jemals bis hierher zu gelangen. Eindrucksvolle Ruhe, die einlud zu verweilen, die Zeit zu vergessen, zu entspannen.

Ich fühlte mich, als wäre ich im Paradies angekommen. Hier auf Mallorca würde ich bleiben. Wenn möglich für immer.

Lange jedoch ertrug ich die Stille nicht. Es drängte mich, meine Zukunft zu beginnen. Also zurück durch das dunkle Kirchenschiff und hinaus in das blendend helle Licht der lauten, sonnigen, heiteren Stadt. Vor

der Kirche hielt ich an. Ein wenig hatte ich die Orientierung verloren. Ein Pater sprach mich an.
„Kann ich helfen? Suchen Sie etwas?"
Er hatte eine angenehme, beruhigende Stimme.
„Nehmen Sie sich einen Augenblick Zeit. Gehen Sie nicht achtlos hieran vorbei."
Er wies mit seiner Hand auf die Kirche.
„Haben Sie die wunderbaren Skulpturen bemerkt?"
Er zeigte auf den Eingang zur Basilika und begann, in einfacher, klarer Sprache die Figurengruppe des barocken Portals zu erläutern. Sie solle die unbefleckte Empfängnis Mariä darstellen, erklärte er und schaute mich lächelnd an. Glaubte er selbst nicht daran? Auch ich hatte mir unbefleckte Empfängnis anders vorgestellt.
Er war noch jung. Groß. Kräftig. Sportlich hätte ich gedacht – aber als Priester sportlich? Durfte ein Priester überhaupt gut aussehen? Und lächeln?
Er lud mich zu einer Führung durch die Kirche ein. Bestimmt hätte er es gut gemacht. Er hatte eine so warmherzige Art, mit mir zu reden, und es wäre verlockend gewesen, ihm zu folgen. Mit jemandem, der mich, ohne zu wissen, wer ich sei, einfach als Menschen nahm.
Aber zurück in die Kirche wollte ich nicht.
Ich ging weiter und kam schnell in ein Viertel, in das sich Touristen nicht verliefen. Um mich herum wurde Spanisch und auch viel Mallorqín gesprochen.

Irgendwo in dieser Gegend sollte der Ort sein, wo ich Arbeit finden würde. Beinahe zufällig fand ich die Straße, die man mir empfohlen hatte. Von einem mit Wohnhäusern umgebenen Platz mit einem kleinen Supermarkt auf der einen, einer Bar und einem Restaurant auf der anderen Seite, war ich in eine schmale Straße mit alten Mietshäusern eingebogen. In den Türeingängen warteten Mädchen dritter Wahl und heruntergekommene Frauen auf Freier. Alles andere als einladend.
Wollte ich so etwas wirklich? Musste ich das?
Ich hatte Zeit. Bestimmt gab es hier in der Hauptstadt Mallorcas bessere Gegenden für meine Arbeit. Ich setzte mich in das Restaurant und bestellte eine Paella.

*

Das Lokal war ziemlich schmuddelig. Egal. Es lag strategisch gut. Ich setzte mich nach draußen an einen Tisch mit Blick auf den Platz. Ich wollte erkunden, was für Leute hier lebten und was für Männer in die enge Straße gingen.
Das Restaurant war fast leer. Es war wohl nicht die richtige Tageszeit. Noch zu früh zum Essen. Fußball spielende Kinder auf dem Platz. Ab und zu Frauen, die mit Einkaufstüten aus dem Supermarkt kamen. Männer, die vorbeikamen und in die Seitenstraße gingen. Sie sahen nicht so aus, als wollten sie mit den Mäd-

chen anbändeln. Neugierig hinschauen. Klar. Aber sonst? Bei Tage ohnehin kein verlockender Anblick. Wie können die überhaupt existieren? Ich verstand Männer nicht, die für Geld mit ihnen mitgingen. Ich sah in den Spiegel. Nein. Wie die sah ich nicht aus. Soweit würde ich es auch niemals kommen lassen.

Der Kellner bediente mich sehr freundlich. Gäste wie mich war er wohl nicht gewohnt. Offenbar war ich etwas Besonderes. Er bot mir einen Aperitif an und brachte, da ich keinen Alkohol wollte, einen frischen Orangensaft. Auf Rechnung des Hauses.
Die Paella war gut. Mit reichlich Gambas und Muscheln. So wie ich sie liebte. Ein Glas Wein gehörte einfach dazu. Also bestellte mir nun doch eine Copa de Vino de la Casa und genoss meinen lauen ersten Abend auf Mallorca. Beinahe hätte ich vergessen, dass ich noch zum Hafen zurück gehen musste, wo mein Gepäck war.
Als ich den Kellner rief und zahlen wollte, setzte er sich an meinen Tisch. Er fragte, ob ich Touristin sei, wo ich hinwollte und ob ich schon ein Zimmer hätte. Ich schien ihm zu gefallen. Er machte mir einen ungewöhnlich günstigen Preis für ein Zimmer in seinem Haus. Es sei das Zimmer einer Angestellten, die gekündigt habe und weggegangen sei. Für ein paar Nächte könne ich erst einmal bleiben, bis ich etwas Besseres gefunden hätte. Vielleicht ein Apartment

am Strand. Da könne er mir übrigens auch etwas vermitteln. Er habe Verwandtschaft in Playa Palma.
Er war nicht mein Typ. Solide und hilfsbereit, OK. Aber hässlich. Sogar ein wenig abstoßend. Doch er machte einen vertrauenswürdigen Eindruck.
Er bot mir an, mit mir zusammen zu fahren, um mein Gepäck zu holen. Er müsse ohnehin zum Hafen, um für das Restaurant Fisch und Gambas abzuholen.
Ich willigte ein.

*

Das Zimmer war klein, aber für eine Nacht in Ordnung. Es hatte sogar einen separaten Zugang über den Hof. Wäre die Gegend ansprechender gewesen, vielleicht hätte ich es zur Basis für mein Gewerbe gemacht. Für die Zeit wenn ich nicht arbeitete, hätte ich mir irgendwo, vielleicht in Playa Palma, eine Wohnung mieten können.
Die erste Nacht schlief ich tief und fest. Wusste kaum, wo ich war, als mich der Straßenlärm des beginnenden Tages weckte. Ich hatte keine Lust aufzustehen. Also blieb ich erst einmal liegen und dachte nach, wie ich die nächsten Tage nutzen könnte, um ein neues Leben in auf Mallorca zu beginnen.
Bei meinem abendlichen Ausflug mit dem Kellner waren wir wegen der vielen Einbahnstraßen kreuz und quer durch die Hafengegend gefahren. Ein Viertel voller Bars, Cafés und Restaurants, aber auch mit zwie-

lichtigen Kneipen, und in der zweiten Reihe, rote Neonleuchten. Landeinwärts begann ein Neubaugebiet mit Mietshäusern.

Dort drüben, am anderen Ende der Stadt, wo die Fähren von Barcelona und Valencia anlegten und Kreuzfahrtschiffe landeten, war alles viel sonniger und heller als hier in der Altstadt. Bestimmt gab es da gute Arbeitsmöglichkeiten. Vielleicht kamen in der Gegend, so nahe am Kreuzfahrtkai, auch mehr Touristen. Von Spaniern als Kunden hatte ich nach Madrid und Barcelona die Nase voll. Man würde sehen.

Am Morgen wirkte das Restaurant noch düsterer als ich es vom Abend her in Erinnerung hatte. Nur zur Straße hin, rechts und links von der Eingangstür, gab es Fenster. Aber sie brachten kaum Licht in den Gastraum. Schon jetzt waren die Lampen an. Lampen, die gleichzeitig Ventilatoren waren. Mit drei riesigen Propellorflügel sollten sie Luft schaffen, wenn es zu warm wurde. Rechts über dem Bartresen gegenüber dem Eingang war ein dritter, kleinerer Propeller.

Ich sah mich ein wenig um. Vielleicht würde ich hier ja für eine Weile wohnen.

Tische und Stühle muteten andalusisch an. Quadratische, gescheuerte Holztische mit kleinen, rotkarierten Zierdeckchen. In der Ecke, neben dem Fenster noch Zeugen früherer Möblierung: eine Eckbank, davor ein massiver Holztisch und solide spanische Holzstühle. Der ganze Raum war in halber Höhe mit dunklem

Holz in den ortstypischen rechteckigen Kassetten verkleidet. Darüber die Wände in kaum definierbarer braungrauer Farbe, behängt mit verblichenen Seestücken in Öl. Am Tresen eine Galerie von Ansichtskarten aus aller Welt.

Ich zwängte mich durch die beiden Reihen von Tischen hindurch, am Tresen vorbei zum Küchendurchgang, um mir ein Frühstück zu bestellen.

In der Küche war niemand. Also ging ich zurück an die Tür. Draußen erwartete mich der Kellner vom letzten Abend.

Die Terrasse mit ihren runden, französisch anmutenden Straßentischchen war bereits für Frühstücksgäste hergerichtet. Ich setzte mich an eines der zierlichen schmiedeeisernen Bistrotischchen, bestellte mir einen Café con Leche und ein Tostado und genoss die beschauliche Morgenstimmung.

Ich fühlte mich so frei wie lange nicht mehr. Konnte tun und lassen, was ich wollte. Keinerlei Bindung schränkte mich ein. Und so sollte es bei meiner Art Geld zu verdienen auch bleiben.

Die Arbeit selbst war sicherlich nicht ideal. Aber OK so. Ich wusste, worauf ich mich einließ: „Make love". Mechanisch – unverbindlich - minimalistisch – cool.

Ich hatte mich daran gewöhnt. Hornhaut gebildet.

Und eigentlich ist es ja auch schön, mit Menschen zu arbeiten, die sich freuen, dass es mich gibt, so gibt wie ich bin, und ihnen Freude zu machen und ab und zu auch gemeinsam Freude zu haben.

Ich verglich mein Gewerbe mit anderen Berufen: Ärzten, Juristen, Psychologen. Ich beneidete sie nicht. Ich wollte mich nicht dauernd mit Kranken beschäftigen wie Ärzte, mit menschlichem Unrecht, wie Juristen, mit psychisch Leidenden wie Psychologen. Ganz zu schweigen etwa von Altenpflege. Bettlägerige zu waschen stellte ich mir viel ekliger vor als den Dienst an meinen Klienten.

Lieber bereitete ich ganz normalen Menschen ein paar schöne Stunden und gab ihnen etwas, was sie sonst nicht hatten.

Ich hatte den Ehrgeiz, sie bei mir für eine Zeitlang glücklich zu machen. Und meist gelang es mir. Sie genossen das Zusammensein mit mir, und ein wenig sprang es auf mich über, wenn ich erfolgreich gewesen war. Aus der erotischen Mechanik, die ich bot, wurde vorübergehend menschliche Nähe. Was wollte ich mehr?

Einige kamen wieder. Fast wie Freunde.

Aber das war der Punkt. Wirkliche Freunde hatte ich nicht. Kolleginnen. Ok. Aber der Kontakt war oberflächlich. Eigentlich war ich einsam. Ohne Partner. Ohne Familie.

Zwar gab es andere, die wiederkamen und mehr wollten. Hatten sich vielleicht sogar verliebt. Suchten Nähe. Aber die konnte und wollte ich ihnen nicht geben. Nein, ich musste unabhängig bleiben. Unbedingt. Wollte keine ernste Beziehung eingehen. Und schon gar nicht heiraten.

Dann lieber ein einsames aber selbständiges Leben.

*

Der Kellner kam mit meinem Tostado und zwei Tassen Kaffee und setzte sich zu mir, erkundigte sich nach meinen Plänen, plauderte und flirtete so gut er konnte. Als er sich über meine Situation im Klaren war und wusste, dass ich nach einer Arbeit suchte – natürlich hatte ich ihm verschwiegen, in welcher Branche ich arbeiten wollte - kam er zur Sache.
„Vielleicht könnte ich Ihnen helfen. Wenigstens für den Anfang", begann er.
Ich reagierte nicht.
„Meine Eltern suchen eine Hilfe im das Restaurant. Und so lange Sie nichts Besseres in Aussicht haben…"
„Ihre Eltern?", fragte ich erstaunt, da ich ihn für einen Angestellten gehalten hatte.
„Ja. Meine Eltern. Wir sind ein alter Familienbetrieb. Dritte Generation. Ich bin der einzige Sohn."
„Sie meinen, ich könnte hier anfangen?"
„Ich habe mit meiner Mutter gesprochen. Hab ihnen gesagt, dass ich gern mit Ihnen arbeiten würde."
„Und?"
„Wenn ich es so wollte… Sie wäre einverstanden."
„Und was hätte ich zu tun?"
„Alles was anfällt. Genau wie wir alle. Küche, Bedienung, abends aufräumen und sauber machen. Können Sie kochen?"

„Eher brasilianisch als spanisch. Aber so groß sind die Unterschiede nicht."

„OK. Überlegen Sie es sich."

Er lachte mich an, streckte mir die Hand hin:

„Ich bin Mario. Und Du?"

„Lisbeth"

„Lisbeth?"

Er hatte Mühe mit der Aussprache. Das kannte ich schon. Es klang nicht wie in meiner Heimat. Unsere weichen Töne kennen sie in Spanien nicht.

„Kannst mich auch Lis oder Lissi nennen. Das ist einfacher."

*

Ich wollte zahlen, aber er bestand darauf:

„Geht auf Rechnung des Hauses."

Auch das Zimmer sollte ich nicht bezahlen.

„Als unsere neue Mitarbeiterin ist Kost und Logis für dich umsonst. Wenn du willst, kannst du bei uns hier im Hause wohnen."

Wollte ich das? Erst einmal nicht. Frei bleiben. Vielleicht später, wenn ich nichts anderes fände. Es ging mir zu schnell.

„Und die frühere Hilfe, hat die auch hier gewohnt?"

„Nur am Anfang. Dann hat sie zusammen mit anderen Mädchen eine Wohnung in der Stadt gemietet."

„Wohnt sie da noch? Vielleicht könnte ich auch dort bleiben, bis ich mich entschieden habe."

Er schrieb einen Namen und eine Adresse auf einen Zettel und gab ihn mir.

„Vielleicht. Schau es dir an. Es ist nicht komfortabel. Aber preiswert. Ramona hat es gefallen."

Ich ging hinüber in die Straße, in der am Abend die Frauen gestanden hatten. Wollte mich informieren. Aber Fehlanzeige. Um diese Zeit war natürlich noch keines der Straßenmädchen auf dem Strich. Schon gut so. Ich wollte mich ohnehin nicht als Kollegin von dieser Art von Frauen sehen.

Ich bummelte weiter. Suchte noch einmal den Kreuzgang auf, genoss die Stille und dachte nach.

Nein. So schnell wollte ich meine Freiheit nicht aufgeben. Ich hatte noch Ersparnisse und konnte es mir leisten, erst einmal Urlaub zu machen. Erst einmal das freie Leben auf Mallorca zu genießen. Dann würde ich mich nach Arbeit umschauen. Am besten so etwas wie in Kaiserslautern, nur halt mit munteren Touristen auf der Sonneninsel Mallorca statt mit depressiven alten Männern in regnerischen, grauen Deutschland. Wenn es so gut bezahlt würde wie dort, OK. Das wäre eine Basis. Dann könnte man weiter sehen. Nicht für immer, aber so ein oder zwei Jahre. Das müsste reichen, um mir ein Häuschen auf dem Lande zu kaufen. Eine kleine verlassene Finca mit brach liegenden Feldern rings herum stellte ich mir vor.

Dann würde ich mir die Haare anders färben, damit mich keiner wiederkennt. Kein Problem. Und dann wäre endgültig Schluss mit der diskriminierenden Arbeit.
Vielleicht würde ich heiraten, könnte spanische Papiere bekommen und für immer hier bleiben... Familie? Kinder?
Ich phantasierte vor mich hin.
Eine Besuchergruppe brachte mich in die Realität zurück: Hier saß ich, träumte meinen Milchmädchentraum von der Prinzessin und dem Prinzen. In Wahrheit aber saß hier ein mehr oder weniger mittelloses Straßenmädchen mutterseelenallein, das einen Job suchte in seinem anstößigen Gewerbe.
Es half nichts. Ich musste weiter. Zukunft planen.
Zunächst galt es, eine Bleibe zu finden. Bei Mario wollte ich jedenfalls nicht wohnen.

*

Die Lage war nicht schlecht. Inmitten der Altstadt, keine fünf Minuten von der Kathedrale entfernt. Dritter Stock.
Als ich nach Ramona fragte, den Namen, den mir Mario aufgeschrieben hatte, wurde ich sofort hereingebeten.
„Nein, sie wohnt nicht mehr hier, die Arme. Konnte die Miete nicht mehr bezahlen. Sie ist zurück auf die Peninsula zu ihrer Familie."

„Und nun? Habt ihr noch Platz für mich?"
Man hatte. Ich sagte zu.
Es stellt sich heraus, dass ich in eine Wohngemeinschaft von fünf – mit mir jetzt sechs – jungen Frauen geraten war. Bis auf eine hatten alle Arbeit in Palma gefunden: Eine arbeitete als Friseurin, eine als Kellnerin, eine als Kindermädchen und eine, die Jüngste und Hübscheste, kaum 20 Jahre, in einer Nachtbar. Die ohne Job hatte in einem Kindergarten gearbeitet, und zu Beginn der Ferien war ihr gekündigt worden.

Mit dem Barmädchen aus meiner neuen WG zog ich am Abend los. Sie führte mich durch Palma und zeigte mir, wo sie arbeitete: mitten im Rotlichtbereich am Fährhafen.
„Hier habe ich angefangen", und sie zeigte auf die Neonreklame des Bordells ‚Casa Modelos' gegenüber.
„Ein paar andere von denen vom ‚Modelos' arbeiten auch in der Bar. Das macht mehr Spaß und bringt auch mehr. Am besten ist es, wenn ein Kreuzfahrtschiff am Kai liegt. Kreuzfahrttouristen sind großzügig. In jeder Beziehung. Vielleicht könntest du ja auch hier arbeiten. Aber in der Bar nimmt man nicht jeden. Komm mit. Du kannst es ja mal probieren.
Ich folgte ihrer Einladung. Sie führte mich zu ihrem Chef und fragte, ob ich bei ihm arbeiten könne. Er musterte mich und entschied blitzschnell.
„OK. Wann fängst du an?"
„Nächste Woche."

„Gut. Dann bitte gleich Montag. Eine Woche zur Probe. Dann sehen wir weiter."

*

Den Rest der Woche machte ich Ferien auf Mallorca. Lag am Strand, bummelte durch die Stadt, flirtete mit Touristen, fuhr mit dem Überlandbus zu ländlichen Märkten.
Gleich am ersten Tag bekam ich Besuch vom Mario. Er wollte mit mir ausgehen.
Ich vertröstete ihn auf den nächsten Abend. Aber da konnte er nicht.
„Dann halt irgendwann", beendete ich das Gespräch.
Ich wusste nicht, ob ich das wirklich wollte.
Nach einer Stunde war er wieder da. Mit Blumen. Nein wirklich nicht aufdringlich:
„Ich wollte dir nur die Blumen bringen. Sonst nichts. Bis bald!", und weg war er.
Fast täglich kam er kurz vorbei, fragte, wie es mir ging, brachte kleine Geschenke mit, machte Komplimente. Schließlich, am letzten Abend vor meinem Dienstantritt nahm ich seine Einladung an, und wir besuchten ein rustikales, aber sehr gepflegtes Fischrestaurant in der Altstadt.

Bei meiner Erkundung der Insel hatte ich mich in Alcúdia und an der Cala Ratjada nach alternativen Arbeitsmöglichkeiten umgesehen. Ohne Erfolg.

Also fing ich am Montag in der Bar an.

Kein Vergleich zum ‚*O Unicórnio*'. Zusammen mit den anderen Girls bedienten wir die meist ausländischen Gäste, plauderten und scherzten mit ihnen, überredeten sie, Champagner zu bestellen. Alkohol floss in Strömen. Und die Gäste nötigten mich, den bestellten Champagner mit ihnen zusammen auszutrinken. Wollten sie Sex, musste ich, nach Anmeldung durch den Chef, mit meinen Freiern hinüber ins Bordell ‚Casa Modelos' und für teures Geld ein Zimmer bezahlen. Der Chef ließ es nicht zu, dass ich einen seiner Gäste ablehnte. Auch nicht, wenn er zudringlich wurde oder zu besoffen war.

Den Job in der Bar betrachtete er als Akquisitionshilfe und zahlte mir für meine Servier-und Animiertätigkeit keinen Cent. Was ich von den Kunden nahm, war mir überlassen. Ich durfte es behalten. Steuerfrei.

Dennoch, die Arbeit war besser als in Festlandspanien. Die Kunden zahlten fast jeden Preis. Mein Verdienst war nicht schlecht. Nicht vergleichbar mit Kaiserslautern, aber immerhin.

Kam ich dann zurück in meine neue Wohngemeinschaft, war ich völlig fertig und den Tag über schlief ich meinen Rausch aus.

Mario kam jetzt noch öfter. Auch als ich schon in der Bar angefangen hatte. Wir bummelten durch die Stadt, er kaufte mir kleine Geschenke. Bisweilen lud er mich zum Essen ein. Meist in gemütliche mallorquinische Tapasbars in der Altstadt oder an die

Strandpromenade. Manchmal aber auch ins Restaurant seiner Eltern, die mich dann neugierig beobachteten.

Eigentlich mochte ich ihn nicht. Weder äußerlich – er war nicht größer als ich, kräftig zwar, aber irgendwie gedrungen, hatte kleine, engstehende braune Augen, eine breite, ziemlich platte Nase und struppige kurze Haare. Alles Dinge, die mir nicht gefielen – ebenso wenig wie seine Art. Er spielte zwar fortgesetzt den aufmerksamen Kavalier, aber mit seinen verliebten Schmeicheleien konnte er die Plumpheit seines Wesens nicht verbergen.

Auch der zwar kumpelhaft-lockere aber dennoch immer herrische Umgang mit den Menschen, denen wir begegneten, war abstoßend. Egal, ob es sich um Kellner, Verkäuferinnen, Freunde oder Bekannte handelte.

Andererseits war es angenehm und neu für mich, dass ein Mann sich privat um mich kümmerte. Offenbar dachte er jeden Tag an mich. Und das gewiss nicht nur, damit ich im elterlichen Restaurant arbeitete, obwohl er nicht müde wurde, diese Möglichkeit immer wieder zu erwähnen.

*

Ich lehnte immer wieder ab. Selbständigkeit zog ich vor. Zunächst jedenfalls. Dann aber ging der Chef dazu über, mir selbst meine Freier auszusuchen. Er dul-

dete keinen Widerspruch, und ich war verpflichtet, mit ihnen ins ‚Casa Modelos' hinüber zu gehen und alles über mich ergehen zu lassen, was diese Männer wollten. Vor allem ungeschützten Verkehr jeder Art. Weigerte ich mich, gab es Ärger. Erst nur Drohungen. Dann wurde ich in einer Nacht beim Heimweg überfallen und zusammengeschlagen. Ich bin sicher, es war Auftragsarbeit, bestellt von meinem Chef.
Ich hatte endgültig die Nase voll.
Mario sagte ich, ich sei gestürzt. Er nahm mich mit nach Hause, quartiert mich in das Zimmer ein, das ich bereits kannte, ließ einen Arzt kommen und versorgte mich. Offenbar hatte er nicht mitbekommen, wo ich gearbeitet hatte und ahnte nicht, wie die Verletzungen entstanden waren.
War es nicht vielleicht doch Zeit, den Beruf zu wechseln? Ich hätte nach Deutschland gehen können. Aber ich liebte Mallorca und wollte unbedingt auf der schönen Insel bleiben.
Am einfachsten wäre es, Marios Drängen nachzugeben und im Restaurant seiner Eltern zu arbeiten. Mit Familienanschluss.
Und was, wenn auch er mich sexuell bedrängte? Ich war sicher, dass es dazu kommen würde.
Ich wollte keine Beziehung mit ihm anfangen. Keinesfalls. Ich mochte ihn nicht. Selbst wenn er mich heiraten würde. Nein. Nur nicht. Gewiss, er war finanziell gut gestellt. Alleinerbe des elterlichen Restaurants. Ich wäre versorgt. Aber das Leben war schließlich

nicht in erster Linie ein Versorgungsproblem. Irgendwie würde ich immer durchkommen.

Oder vielleicht einfach nur ausprobieren, wie alles läuft? Das war ohne Risiko. Ich würde mich jederzeit leicht aus dem Staube machen können. Einen regulären Arbeitsvertrag würde ich mit Sicherheit nicht bekommen.
Erst einmal wartete ich unentschlossen ab, bis ich wieder fit war.
Dann sagte ich zu. Es war eine Flucht.
Ich wollte in Spanien nicht mehr in meinem Gewerbe weiter arbeiten. Nicht wie die anderen Mädchen, die sich in ihrer Arbeit zugrunderichteten. Sie verdienten viel Geld, wenn sie dem Drängen ihrer Kunden folgten und das Risiko auf sich nahmen, sich eine Krankheit einzufangen. Vielleicht gar eine tödliche. Und all das mit der Illusion, eines Tages unter ihren Freiern den Mann fürs Leben zu finden oder wenigstens das große Geld zu verdienen und dann auszusteigen.
Die Realität war anders. Die meisten legten das verdiente Geld nicht zurück, sondern gaben es aus. Für Kleider, teure Parfüms und Drogen. Und wenn ihnen ein Mann Liebe und ernste Absichten vorgaukelte, fielen sie darauf herein, verbrachten Wochenenden mit ihnen in irgendeinem Strandhotel, bis sie entdeckten, dass es Ehemänner waren, die sich nur eine Weile die Zeit mit ihnen vertreiben wollten.

Nein, ich konnte und wollte dieses Leben nicht mehr. Noch war ich gesund. Ich verdiente gut. Aber ich fühlte mich kaputt. Ich wollte raus, bevor es zu spät war.

Marios Angebot ermöglichte mir, ohne dass er es ahnte, den perfekten Ausstieg aus der Prostitution. Er war kein Freier gewesen. Wusste nichts von meinem bisherigen Leben. Er war einfach nur verliebt.
Ich vertraute ihm und begann meinen Job im Restaurant seiner Eltern. In Ruhe könnte ich mich, wenn es mir nicht gefiel, später immer noch nach etwas anderem umsehen.

*

Ganz so hatte ich mir meine Zeit auf Mallorca eigentlich nicht vorgestellt. Erstmalig seit meiner Schul- und Studienzeit begann ich wieder ein bürgerliches Leben. Als Angestellte in einem Restaurant. Mit Familienanschluss. Zimmer und Essen hatte ich umsonst, dazu kam ein geringes aber akzeptables Gehalt. Alles ohne Arbeitsvertrag, als gehörte ich bereits zur Familie.
Von dem Geld, das ich vorher verdient hatte, leistete ich mir ein kleines Apartment in Playa de Palma, das Mario mir vermittelte. Meine private Fluchtburg.

Die Arbeit war schwer und ungewohnt. Als ich meine neue Stelle antrat, war das Restaurant völlig verdreckt. Der Herd wohl seit seiner Lieferung nicht mehr ordentlich geputzt. Unter der Spüle, neben dem Mülleimer in der Küche krabbelten Kakerlaken. Die Kühltruhe völlig vereist, so dass kaum noch etwas hineinpasste. Chaos im riesigen Kühlschrank, in den offenbar alles, was dazu kam, vorne hineingestellt wurde. Hinten lagen Dutzende von abgelaufenen oder verdorbenen Artikeln. Alles in einem undefinierbaren Sud. Ich machte erst einmal Ordnung. Um jeden abgelaufenen Artikel musste ich mit Marios Mutter kämpfen. Vieles verbrauchte sie noch schnell. Nur weniges durfte in den Müll.

Tage brachte ich damit zu, neben der laufenden Arbeit Schritt für Schritt die Küche und den Gastraum sauber zu machen. Es gab nur völlig verdreckte, fettige Lappen. Ich wusch sie aus. Wirklich sauber wurden sie nicht. Neue wurden nicht beschafft.

„Ein wenig fettig müssen sie schon bleiben, sonst glänzen die Tische nicht", hieß es.

Marios Mutter fand vieles unnötig, war aber im Allgemeinen mit meiner Arbeit zufrieden. Der Vater beobachtete mich erstaunt und nicht selten schmunzelte er vor sich hin, wenn er mich - was er gern tat – beobachtete. Gerade so als wolle er sagen: „Gut gewählt, Mario!".

Und Mario?

Leicht zu erraten. Er genoss es, eine schöne Frau um sich zu haben, und er bemühte sich um mich, wo er nur konnte.

Klar, das Ziel war das gleiche wie bei allen Männern – wenn sie nicht gerade schwul sind. Ich hielt ihn auf Distanz, auch wenn es manchmal schwer war. Aber schneller Sex kam nicht in Frage. Andererseits wollte ich ihn auch nicht verärgern.

Er war nett zu mir. Mehr aber auch nicht. Ich begann ein gemeines Spiel mit ihm: Zunächst musste ich meinen bürgerlichen Ruf festigen. Er sollte das Gefühl haben, dass ich zwar im Prinzip nicht abgeneigt war, ihn mochte, aber dass ich nicht leicht zu haben war. Er musste behutsam um mich werben.

Nach einiger Zeit ließ ich erste Vertrautheiten zu. Wenn wir ausgingen, nahm ich seinen Arm, und beim Heimweg durfte er Händchen halten. Bald war auch eine Umarmung zugelassen. Doch auf den ersten flüchtigen Kuss musste er noch lange warten. Ging er zu weit und bedränge mich, so wehrte ich ihn ab. Das warf ihn dann wieder Tage zurück.

Ich liebte das Spiel mit dem Feuer. Es erhöhte meinen Wert. Ich zwang ihn, das Letzte zu geben, um mich ganz zu gewinnen. Aber es kam auch zu Missstimmung. Machte ich mich zu rar, schien er zu verzweifeln. Oder er glaubte, ich spiele nur mit ihm und war verärgert. Dann konnte es Tage dauern, bis er wieder kam.

Aber er blieb am Ball. Gelangte immer näher an sein Ziel. Das musste so sein. Sonst hätte er irgendwann aufgegeben. Das wollte ich nicht. Er sollte das Gefühl haben, hart und geschickt arbeiten zu müssen und eine Frau wie mich am Ende nur mit ungeheurem Einsatz gewinnen zu können.

Unfair? Ich sah es nicht so. Er sollte sich keine Rechte auf mich ausrechnen, nur weil ich zufällig in sein Restaurant gekommen war, hilfsbedürftig und ohne Papiere. Mich gab es nicht gratis. Was umsonst ist, taugt nichts. Ich aber war eine Spitzenfrau. Das wusste ich. Ich hatte meinen Preis. Das sollte er begriffen haben, bevor er mich bekam. Nur dann könnten wir am Ende ein gleichberechtigtes Paar werden.

Wollte ich das eigentlich?

Wollte ich, dass er mich heiratet? Eine bürgerliche Familie gründen? Kinder haben? Wollte ich das? Ich, der Star vom *Unicórnio?* Sollte ich nicht lieber so schnell wie möglich wieder zurück nach Brasilien? Oder nach Deutschland, ein Jahr lang Geld verdienen und dann mit viel Geld zurück, mein Häuschen abbezahlen und einen neuen Job suchen?

*

Am Ende des ersten Monats wurde ich bezahlt, wie es verabredet war. Nach dem zweiten gab es nur noch die Hälfte. Ab dritten überhaupt nichts mehr.

Ich konnte mein Strandappartement nicht mehr bezahlen und zog in das Zimmer über dem Restaurant.

Was mir blieb, war ein Dach über dem Kopf und Essen und Trinken so viel ich wollte. Sonst nichts außer dem Versprechen, meinen ausstehenden Lohn bekä-

me ich später. Ich musste an meine Ersparnisse gehen, um mir die persönlichen Dinge zu kaufen, die ich brauchte: Kleidung, Kosmetik, eine neue Handtasche, Geld für einen Kaffee außer Hause...
So ging es viele Monate lang.
Aber sie hatten mich in der Hand. Mein Visum war abgelaufen, ich hatte keine gültigen Papiere mehr und konnte keine andere Arbeit aufnehmen.
Ich weiß nicht, ob sie das wussten. Eher war es wohl so, dass sie mich als Familienmitglied betrachteten. Schließlich lebten wir alle im selben Haus. Inzwischen wohnte ich zusammen mit Mario in dessen Wohnung im Haus der Eltern. Ich galt als Marios ‚Novia', also fast als seine Braut. Gehörte daher praktisch zur Familie. Und Familienmitglieder werden nicht entlohnt.
Vielleicht wollten sie mich auch loswerden. Nicht weil ich zu wenig oder zu schlecht arbeitete. Nein, sie wussten, was sie an mir hatten. Von morgens um zehn bis Mitternacht stand ich zur Verfügung. An den Wochenenden, wenn viel Betrieb war, auch länger. Eine Stunde Mittagspause hatte ich zum Essen in der Küche. Es war etwas anders als ich mir mein Leben in Spanien vorgestellt hatte.

Ich war Brasilianerin. Fast weiß, aber nicht ganz. Etwa wie die Schauspielerin Jennifer Lopez. Folglich vermuteten sie einen Rest von Negerblut in meinen Adern. Als Mulattin war ich minderwertig. Zumindest war es ihnen peinlich. Der Sohn sollte sich gefälligst eine

Spanierin zur Frau nehmen. Zumindest eine Weiße. Das gehörte sich so. Es wurde nie offen darüber geredet. Aber bisweilen hörte ich, dass sie unter einander abfällige Bemerkungen über meine Herkunft machten. Auf Mallorquín, versteht sich. Auch Mario, der vorher, wenn ich dabei war, immer nur spanisch mit mir gesprochen hatte, verfiel mehr und mehr in die Sprache seiner Familie. Auch in meinem Beisein. Inzwischen konnte ich immerhin schon vieles davon verstehen, und ich bekam mit, wie seine Eltern keine Gelegenheit ausließen, mich schlecht zu machen.
Mario schien unbeeindruckt von alledem. Er liebte es, sich mit mir in der Öffentlichkeit zu zeigen. Stellte stolz seine Novia allen seinen Freunden vor, als wären wir bereits verlobt. Er wurde beglückwünscht und beneidet.
Es entging ihm nicht, dass auch andere Männer, sogar seine besten Freunde, gern mit mir plauderten, Komplimente machten und flirteten. Ging ich darauf ein, wurde er sofort eifersüchtig. Nicht selten musste ich mit ihm die Disco verlassen, wenn er den Eindruck hatte, dass ich zu lange oder zu oft mit anderen tanzte.
Ich dagegen liebte es, bewundert und umschwärmt zu werden. Tanzte gern und viel, vor allem mit anderen, interessanteren Männern als Mario. Aber ich wollte mich mit niemand anderem einlassen. Mario bot mir Sicherheit. Er war zuverlässig, hatte leidlich

gute Umgangsformen und – als zukünftiger Erbe eines Restaurants – eine gesicherte Position.

Nach einem Jahr Schufterei für nichts hatte ich die Nase voll. Die Atmosphäre in der Familie war unerträglich für mich geworden. Ständig wurde ich von Marios Mutter kritisiert und herumkommandiert. Zwar schätzte sie meine Arbeit. Wusste was sie an mir hatte. Doch sie behandelte mich wie eine Magd. Und ich wurde überhaupt nicht bezahlt.
Auch innerhalb der Familie gab es Zank und Streit. Äußerlich taten sie so, als sei in ihrer Sippe alles zum Besten bestellt. Das war die Fassade, die sie nach außen hin aufgebaut hatten. Aber in Wahrheit herrschte Egoismus, Neid und Misstrauen. Mario ging sogar, wenn ihn keiner beobachtete, heimlich an die Kasse und nahm sich Geld heraus. Heute weiß ich, er tat es, um seine Drogen bezahlen zu können.
Ich selbst kam aus einer armen Familie. Und auch bei uns gab es nicht selten Unstimmigkeiten und Streit. Auch bisweilen um das Geld. Aber - wenn ich einmal von João und meinem Vater absehe - wir liebten uns, respektierten uns, halfen uns gegenseitig, und am Ende einer Streiterei versöhnten wir uns immer wieder, fielen uns in die Arme, und der Frieden war wieder hergestellt.
Gut, ich habe meine Mutter und das Haus mit dreizehn Jahren aus Protest verlassen. Meine Mutter hatte damals nicht verstanden, warum. Sie hatte nur

meine Messerattacke wahrgenommen und konnte sich nicht vorstellen, dass João mich wirklich hatte vergewaltigen wollen. Sie hatte mir nicht geglaubt. Ich habe ihr längst verziehen.

Wir waren eben so, wie ich mir eine gute Familie vorstelle.

Doch wie die Situation hier war, ertrug ich es auf die Dauer nicht.

Ich wollte zurück nach Brasilien.

4. Kapitel

Heimlich kaufte ich mir ein Flugticket nach Belo Horizonte. Als ich es Mario gestand, war er entsetzt.
„Willst du mich verlassen?"
Statt zu antworten sah ich ihn traurig an.
„Für immer?"
Ich schwieg, und er wusste sofort, das hieß „Ja".
„Und warum?"
Schluchzend fiel ich ihm um den Hals, und alles brach hervor, was sich in mir angesammelt hatte:
„Ich kann nicht mehr. Ich halte das so nicht mehr aus. Ich bin am Ende. Ich kann so nicht leben. Bekomme keine Luft mehr. Ersticke. Ich will weg. Weg, weg, weg. Nur weg."
Tags darauf nahm er mein Flugticket und reservierte einen zweiten Platz im gleichen Flugzeug. Er wollte mit nach Brasilien.
„Was willst du in Brasilien? Verstehst nicht einmal unsere Sprache!"
„Ich will mit dir zusammen sein, mit dir leben, egal wo, von mir aus auch in Brasilien. Wir könnten heiraten."
Ich schwieg. Pausenlos redete er auf mich ein, flehte mich an, ihn nicht zu verlassen. Schließlich willigte ich ein, und wir beschlossen, eine Zeitlang in Brasilien zu leben.

Noch im Flieger machte er mir einen Heiratsantrag. Ich lehnte nicht ab, sagte aber, ich müsse mir das erst einmal überlegen. Wir kannten uns doch erst seit einem Jahr. Was für ein Leben würde das sein mit ihm? Was für ein Mensch war er eigentlich? Ich wusste, er konnte arbeiten. War zuverlässig und liebte mich. Aber war das genug?

Dann geschah es. Positiver Test. Ich war schwanger. Zweiter Monat.

Mario wollte das Kind nicht. Ich war entschlossen, mich von ihm zu trennen und das Kind allein aufzuziehen.

Er war entsetzt. Er wollte mich nicht verlieren. Wie hätte er dagestanden, wenn er ohne seine schöne Novia zurück nach Palma gekommen wäre! Seine Freunde hätten sich über ihn lustig gemacht. Seine spanische Ehre wäre verletzt gewesen. Wieder und wieder machte er mir glühende Heiratsanträge. Schließlich willigte ich ein. Ich hoffte, dass er am Ende, als Vater und Ehemann unser Kind doch behalten wollte. Setzte auf seinen Vaterstolz.

Ich beschloss, mit ihm zurück nach Spanien zu gehen, da dort die Lebensmöglichkeiten für mein Kind günstiger waren.

Und außerdem: Im Augenblick musste ich Mario einfach akzeptieren, wie er war. Auch wenn mir vieles an ihm nicht gefiel. Ich wollte, dass mein Kind in einer richtigen Familie aufwächst.

Wir waren noch jung. Manches würde sich ändern, wenn wir erst zusammenleben. Wir würden uns an einander gewöhnen. Ich glaubte, ihn beeinflussen und ändern zu können. Es würde schon werden.

Schon nach einer Woche flogen wir zurück. Seine Eltern stimmten überraschenderweise der Heirat zu, und wir heirateten. Alles schien in Ordnung, und aufgrund der Heirat stellte man mir ordnungsgemäße Papiere und einen spanischen Pass in Aussicht.

Aber die Atmosphäre im elterlichen Betrieb blieb unerträglich. Marios Eltern mochten mich nicht. Ich weiß nicht warum. Meine Art war anders als ihre, und das schien ihnen zu missfallen.

Der Vater kannte mich kaum. Aber er akzeptiere mich, da ich die Frau seines Sohnes war. Aber als Schwiegermutter glaubte Marios Mutter, nun erst recht Macht über mich zu haben und hielt mich wie eine Sklavin. Sogar das Mittagessen in der Küche durfte ich mir nicht mehr selbst aussuchen. Sie packte irgendetwas auf den Teller, und ich musste ihn so annehmen, wie sie ihn mir gab. Als ich mich wehrte, meinen Teller zurückstellte und mir nahm, worauf ich Appetit hatte – eine Gemüsesuppe, die ich selbst zubereitet hatte – gab es offenen Streit.

Sie beschimpfte mich auf Mallorquín als Diebin und Schlampe. Es sei ihr Haus und als Schwiegertochter hätte ich zu tun was sie sage ….

Auch Mario sah ein, dass es so nicht weitergehen konnte.

*

Wir mieteten uns eine Wohnung außerhalb des Elternhauses, zogen aus und suchten uns eine andere Arbeit.

Mario arbeitete nun in einem Restaurant in Playa Palma, ich in einer Boutique. Die Besitzerin war mir vom ersten Augenblick an sympathisch. Sie erinnerte mich an Frau Assis Moreira, die mich damals als Dreizehnjährige in ihre Familie aufgenommen hatte. Sie fragte nicht nach Papieren. Sie stellte mich sofort ein. Wir arbeiteten vom ersten Tage an sehr gut und freundschaftlich zusammen. - Das Leben war wieder lebenswert.

Ich war glücklich, ein Baby zu erwarten.

Für mich kam eine Abtreibung nicht in Frage. Ich war anders erzogen. Nicht unbedingt christlich, aber so etwas konnte und wollte ich mir nicht vorstellen. Also mied ich das Gespräch und hoffte, es würde niemals stattfinden. Ich wusste inzwischen, es würde ein Junge sein. Heimlich nannte ich ihn Manolito.

Die Zeit würde für mich arbeiten. Also schwieg ich und wartete ab. Irgendwann wäre es dann zu spät zur Abtreibung. Doch da kannte ich Mario schlecht. Er hatte sich in den Kopf gesetzt, das Kind müsse weg. Früher oder später wolle auch er einmal Familienvater werden. Aber nicht jetzt, das stand fest. Das beschloss er einfach. Als Ehemann habe er das Recht dazu. Er sage ja nicht nein, aber er bestehe auf einem

späteren Zeitpunkt. Ich müsse kompromissbereit sein.
Schließlich fügte ich mich.
Man nahm mir das Kind. Es war furchtbar.

*

Mario war danach für mich ein anderer geworden. Ich war ihm nicht eigentlich böse. Konnte ihn sogar verstehen. Mein Verstand hatte ihm sogar verziehen. Aber meine Gefühle für ihn waren nach dem schrecklichen Mord an unserem Kind ohne Zuneigung. Auch vorher hatte ich ihn körperlich nie begehrt. Aber nun ekelte ich mich vor seinem Körper, und ich weigerte mich, mit ihm zu schlafen.
Ich wollte über alles reden. Er lehnte ab. Was geschehen sei, sei nun mal geschehen. Da helfe kein sentimentales Gerede. Ich solle nach vorne schauen statt mich in meinem Kummer zu verstecken. Es sei doch eigentlich alles wie vorher. Wir seien ein junges Paar, hätten Arbeit und eine schöne Wohnung. Was wolle ich denn mehr?
Ich war tief enttäuscht. Mario verstand mich nicht. Konnte oder wollte er es nicht? Meist hatte er schlechte Laune. Bis spät in die Nacht saß er vor dem Fernseher. Oft war er betrunken.
Unser Zusammenleben wurde allmählich schwirig. Zusammen machten wir kaum noch etwas, gingen auch nicht mehr gemeinsam aus. Mario zog lieber al-

lein los und feierte ohne mich mit seinen Freunden. Betrank sich. Wenn er dann nach Hause kam fing ohne ersichtlichen Grund Streit an. Verlangte, mit mir zu schlafen. Pochte auf sein Recht als Ehemann, das ich ihm verweigerte. Er drohte mir, schlug mich und nahm sich schließlich gewaltsam, was er haben wollte. Es war die Hölle. Ich lebte in ständiger Angst und ließ ihn schließlich, wann immer er wollte. Es war am einfachsten so.

Ewig würde der Zustand ohnehin nicht mehr dauern. Ich machte Pläne für die Trennung von Mario. Aber im Augenblick war nicht daran zu denken. Ohne Papiere bekam ich keine Arbeit. Nicht einmal in meinem alten Beruf. Ich hatte heimlich in einem Haus am Hafen in La Palma gefragt. Die Kolleginnen warnten mich. Zu oft gab es Razzien, und wer illegal arbeitete, wurde abgeschoben.

Es half nichts, ich musste warten, bis ich gültige Papiere hatte. Längst schon hätte ich sie bekommen sollen. Aber immer wieder gab es Schwierigkeiten zwischen Konsulat und Amtsverwaltung.

*

Was sich diesmal ankündigte, war kein Kind der Liebe. Manolito hatte ich noch dafür gehalten. Aber war ich denn jemals in Mario verliebt gewesen? Vielleicht für Augenblicke, als wir in unserer Wohnung in Playa de Palma endlich allein waren, ohne die Eltern. Aber verliebte gemeinsame Augenblicke gab es seither nicht mehr. Sex war zum Albtraum geworden.

Trotzdem, ich war glücklich, wieder schwanger zu sein. Es tröstete mich für den Verlust des Babys, das man mir genommen hatte. Aber ich hatte Angst.

Eine Weile sagte ich nichts. Wollte warten, bis es sich nicht mehr verbergen ließ.

An Tagen, wenn Mario länger arbeitete als ich, konnte ich trotz Hausarbeit bisweilen für ein Stündchen aus dem Haus gehen. Mario sah das nicht gern, aber er musste es auch nicht unbedingt immer wissen.

Meist zog es mich in das Franziskanerkloster. Ich setzte mich auf eine der Steinbänke im Kreuzgang, dorthin wo ich damals bei meiner Ankunft in Palma gesessen hatte. Meine Gedanken gingen zurück an den schönen Moment, den ich damals hier genossen hatte, als alles seinen Anfang genommen hatte. Seinerzeit plante ich ein neues Leben auf Mallorca. Jetzt schaute ich zurück auf das, was daraus geworden war und mir war klar, ich musste noch einmal ein neues Leben beginnen.

Hatte ich alles falsch gemacht? Hätte ich erkennen können, dass Mario nicht nur der wohlerzogene Muttersohn war, wie er sich in Gesellschaft und damals auch mir gegenüber gezeigt hatte? Wann hätte ich das Ruder herumwerfen müssen? Wäre ich nicht besser in Brasilien geblieben, als ich schwanger war? Warum habe ich mich nicht konsequent durchgesetzt und den Jungen zur Welt gebracht, den man mir genommen hat? Ihn notfalls allein aufgezogen? Vielleicht in meinem Heimatland?

Tagelang hätte ich so sitzen können. Immer wieder ging ich die Bilder der letzten Jahre durch. Gute und schlechte. Aber beinahe nur schlechte. Und nun stand die furchtbare Entscheidung wieder bevor. Würde ich stark genug sein, nach meinem innigen Wunsch und nach meinem Gewissen zu handeln, diesmal wenigstens? Fragen und Fragen. Und viele gute Vorsätze.

Ich nahm mir vor, doch mit Mario zu sprechen und nicht abzuwarten, bis er selbst bemerken würde, dass ich schwanger war. Aber nicht einfach so zu Hause. Es sollte an einem besonderen Tag an einem besonderen Ort sein. Der Kreuzgang wäre ideal gewesen. In dieser andächtigen Stille konnte es nicht zu Zank, Streit oder gar Tätlichkeiten kommen.

Aber ich fürchtete, meinen Ort stiller Andacht und Einkehr zu verlieren, wenn das Gespräch unerfreulich wäre, und das würde es wahrscheinlich sein. Nein, hier wollte ich nur allein sein. Marios Gegenwart würde den heiligen Ort entweihen. Er sollte ihn überhaupt nicht kennenlernen. Vielleicht kannte er ihn ja. Aber ich wollte ihn hier nicht sehen. Es sollte meine Zuflucht bleiben. Unvorstellbar die Vorstellung, dass er mich eines Tages bis hierhin verfolgen würde, um mit mir zu streiten.

Wenn ich den Konvent verlassen hatte, war ich ruhiger. Hoffnungsvoller, glaubte, besser zu wissen, wie es weitergehen könnte.

Ich beschloss, Mario zu bitten, an meinem Geburtstag einen Ausflug mit mir zu machen. Nach Soller. Die Bucht musste sehr schön sein und auch die Altstadt. Ich war noch nie dort gewesen, kannte aber Fotos und Plakate und hatte den Ort schon immer kennenlernen wollen. Dort am Strand würde ich es ihm sagen. Ich stellte mir vor, dass es der ideale Ort und Zeitpunkt für ein versöhnliches Gespräch sei. Am Wochenende waren bestimmt viele Familien am Strand von Soller – ich wäre vor seinen Anfällen sicher.

Als ich diesmal die Kirche verließ, begegnete mir der Priester, den ich beim ersten Mal hier getroffen hatte. Ich zögerte. Auch er blieb stehen. Er schien mich wiedererkannt zu haben und begrüßte mich mit einem freundlichen Kopfnicken.

„Mir scheint, es zieht Sie ganz besonders an diesen heiligen Ort der Stille", begrüßte er mich.

Hatte er mich bei meinen Besuchen beobachtet?

„Könnte es sein, mein Kind, dass Sie in Sorge leben?"

Sein Tonfall hatte sich verändert. Der geistliche Seelsorger schien zu mir zu sprechen.

Mit dem Arm wies er, wie damals, auf das barocke Eingangsportal der Basilika:

„So kommen Sie doch mit, ich vertrete hier Bruder Martino. Er kann die Beichte nicht mehr abnehmen. Er ist zu schwach geworden. Sie kennen ihn gewiss."

„Ich kenne niemanden hier."
„Abgesehen von mir, meinen Sie", setzte er meinen Satz fort, bevor ich noch etwas sagen konnte.
„Auch Sie habe ich erst einmal gesehen."
„Ich hingegen sah Sie öfter in letzter Zeit. Sie gingen durch die Kirche, vorbei am Beichtstuhl zum Kreuzgang. Sorgenvoll. Es war nicht zu übersehen. Vielleicht möchten Sie mir etwas sagen?"
„Ich möchte nicht beichten."
Ein plötzlicher Gedanke, ließ mich zögern, und ich setzte hinzu
„Wenigstens noch nicht. Nicht heute."
Er drehte sich weg vom Portal und wandte sich mir zu.
„Dann sprechen Sie sich einfach aus. Ich bin ein Mensch, zu dem Sie mit Vertrauen sprechen können."
Ich schwieg. Schaute ihn an.
„Sie kommen immer allein", sprach er weiter. „Halten Zwiesprache mit dem Herrn. Vielleicht auch nur mit sich selbst. Das ist gut. Sehr gut sogar. Offenbar fehlt Ihnen ein Freund, dem Sie sich ohne Angst anvertrauen können. Sehen Sie in mir einen solchen Menschen. Ich kann zuhören. Es ist mein Beruf. Ich kann schweigen. Es ist meine Pflicht. Und ich liebe die Menschen. Das hat mir Gott mit auf den Weg gegeben."
Er schaute mich an, als er sich zum Gehen wandte.

„Begleiten Sie mich zu San Feodoro. Es ist meine Kirche. Hier bin ich nur Gast und helfe aus. Schweigen Sie, wenn Sie es vorziehen. Oder vertrauen Sie mir Ihre Sorgen an."
Seine sanfte Stimme hatte mich gewonnen. Ich schaute ihn an. Pater Antonio. Ein schöner, gütiger Mann. Nicht zu jung und nicht zu alt, um sich ihm anzuvertrauen. Ich kam mit. Wir gingen schweigend nebeneinander. Es war tröstlich, jemanden neben mir zu wissen, dem ich alles gestehen könnte. Aber ich war noch nicht so weit.
Vor einer unscheinbaren Kirche blieb er stehen. Ich hatte sie nicht gleich bemerkt, denn sie war in einer Straße eingezwängt zwischen den Fassaden alter Bürgerhäuser.
„Hier ist es."
Dann entschloss ich mich.
„Ich bin schwanger."
„Der Herr segne Sie."
„Doch es ist nicht wie Sie denken könnten. Da ist nichts zu beichten."
Pater Antonio blieb ruhig vor dem Kirchenportal stehen.
„Dann sind Sie verheiratet?"
„Ja."
„So freuen Sie sich. Sie werden bald eine Familie sein. Aber warum macht es Ihnen Sorgen?"

„Ich fürchte, mein Mann will das Kind nicht. Ich fürchte es so sehr. Er weiß es noch nicht. Ich habe Angst….."

Wir gingen weiter. Vorbei an seinem Kirchlein. Bis zur Kathedrale. Dort setzten wir uns in den Garten.

Er sprach mir Mut zu. Ehrlichkeit sei eines der Fundamente des Zusammenlebens. Ich müsse es meinem Ehemann sagen. Behutsam. Liebevoll. Als ich ihm von meinem Plan erzählte, bestärkte er mich.

„Soller. Vortreffliche Idee. Ich werde für Sie beten. Sie werden sehen, es wird gut werden."

*

Es gab keine Diskussionen diesmal. Ich hätte sie auch nicht zugelassen. Notfalls wäre ich endgültig gegangen.

Mario berührte es nicht, dass er nun doch Vater werden würde. Ohne Regung nahm er davon Kenntnis. Sagte überhaupt nichts, ging ans Ufer und schwamm weit in die Bucht hinaus.

Als er zurückkam, traf er Freunde, setzte sich zu ihnen. Man trank, es wurde lauter, nach einer Weile kam er zu mir und verlangte, ich solle mich zu ihnen setzen. Er stellte mich vor:

„Lisbeth, meine Frau. Sie hat heute Geburtstag. Lasst uns zusammen feiern. Mein Onkel hat ein Restaurant dort drüben."

Er zeigte auf ein blaues Gebäude neben der Hafenmole.

„Kommt Ihr mit?"

„Bei Pedro?"

„Ja. Er ist mein Onkel."

So war unser Einstieg in das Familienleben. Kein Wort mehr über unser kleines Geheimnis. Glücklicherweise auch keine Spur von Gereiztheit. Waren es die Gebete von Pater Antonio? Ein schöner Gedanke.

Mario schien in einer anderen Welt zu leben. Schon damals vermutete ich, dass er Drogen nahm.

Gegen Abend holten uns seine Freunde vom Strand ab. Drei junge Männer mit ihren Frauen oder Freundinnen, und wir feierten gemeinsam meinen Geburtstag.

Schon bevor das Essen begann, gab jeder eine Runde auf mein Wohl aus. Ein Glas trank ich mit, die folgenden schob ich heimlich Mario zu. Glücklicherweise waren wir mit der Bahn gekommen, und wir mussten den letzten Zug erreichen.

– Zu Hause angekommen, ging Mario sofort ins Bett. Völlig betrunken forderte er sein eheliches Recht. Ich ließ es über mich ergehen. Kein Wort von unserem Baby.

Ich arbeitete damals in einem Restaurant am Strand. Ohne Papiere. Auch Mario hatte Arbeit, in einer Pizzeria nicht weit entfernt.

Wir wohnten zusammen. Aber nicht wie Verliebte. Das wäre anders. Alles wäre schön, man wäre glücklich. Es war aber kein einträchtiges Eheleben.
Ich erwartete sein Baby. Aber ich liebte ihn nicht. Wir teilten die Wohnung miteinander, man lebte zusammen, aber allmählich lernte ich ihn besser kennen. Allerdings zeigte er sich von Seiten, die mir nicht gefielen: Feigheit, Verlogenheit, Drogen, Verantwortungslosigkeit. Er war nicht mehr vertrauenswürdig.
Er war einfach nicht der Mann für mich.
Aber wir blieben zusammen.
Ich bezahlte von meinem Lohn die Wohnung und die täglichen Ausgaben, Wasser, Strom, Telefon, alles. Er hat gearbeitet. Aber er hatte nie Geld. Gab alles für Drogen aus. Oder kaufte unsinnige Dinge: Radiowecker, Kristallvase, Videokamera...
Nur Drogen waren wirklich wichtig und sein Vergnügen.
Dabei war ich doch schwanger! Aber darüber fiel kein Wort.
Am Anfang ging es noch. Fast normal. Als ich mich dann von Woche zu Woche immer schlechter fühlte, hielt ich es kaum mehr aus. Zunächst glaubte ich, ich sei krank. Von meiner ersten Schwangerschaft kannte ich das nicht. Ich habe gespuckt, hatte Schmerzen, war vier Monate lang bettlägerig, alles tat weh. Es war eine sehr komplizierte Schwangerschaft.
In der Zeit habe ich meinen Mann erst richtig kennengelernt.

Er fing an, schlecht über mich zu reden. Ich sei faul, läge nur herum und täte nichts, vernachlässige die Wohnung. Es sähe schlimm aus. Alles sei dreckig. Überall Unordnung.

Er respektierte mich und meinen armseligen Zustand überhaupt nicht, behandelte mich schlecht, bestand auf meinen ‚ehelichen Pflichten', erzwang sie, misshandelte mich. Ekelhaft.

Endlich, nach vier Monaten ging es mir langsam besser. Ich musste nicht mehr liegen. Also habe ich wieder angefangen, in der Pizzeria zu arbeiten. Bis zum neunten Monat.

In der Zeit wurde das Leben mit Mario zunächst besser. Er ging sogar mit mir spazieren.

Aber dann ging es wieder los.

Er ging immer häufiger aus. Ohne mich. Betrog mich. Ich habe nichts gemerkt. Als ich schwanger war, hatte ich andere Sorgen. Düstere Wolken zogen auf. Ich schaute weg. Wollte sie nicht wahrnehmen.

*

Marios Familie sah ich selten. Das war auch gut so. Seine Eltern mochten mich nicht. Sie besuchten uns nie in unserer Wohnung. Ab und zu wurden wir bei ihnen zum Abendessen eingeladen.

Wieder einmal stand der abendliche Besuch bei den Schwiegereltern bevor. Ich war im achten Monat, und es war nicht zu übersehen. Ich bereitete mich auf unseren Elternbesuch vor und hatte ein hübsches weißes Kleid angezogen.

Ich weiß nicht, warum, das Kleid gefiel Mario nicht. Man sehe zu deutlich den Bauch. Die Eltern seien konservativ und daher sei ein Kleid unpassend, in dem der Bauch so deutlich sichtbar sei.

Ich sollte ein anderes Kleid anziehen. So eine Bevormundung war neu für mich. Ich war empört. Ich fand das Kleid gut. Wir gingen doch nur zu seinen Eltern. Die wussten doch, dass wir ein Baby erwarteten. Normalerweise freuen sich die zukünftigen Großeltern, wenn ein Enkelkind unterwegs ist. Freuen sich über den Bauch, bewundern ihn.

Es gab mal wieder Streit. Er brüllte mich an.

„So gehe ich nicht mit dir!"

„Gut", sagte ich, „gehen wir eben nicht."

Ich war beim Bügeln. Plötzlich riss er mir das Bügeleisen aus der Hand, hielt es hoch zu mir hin und drohte:

„Du wirst ein anderes Kleid anziehen. Sofort."

Ich schüttelte nur den Kopf.

Da nahm er das Bügeleisen und verbrannte mir den Arm. Es tat schrecklich weh. Ich schrie vor Schmerz und rannte davon.

Gleich darauf entschuldigte er sich. Ich glaube, er war selbst erschrocken. Es tat ihm leid.

Dennoch. Wie konnte er nur! Es war mir unbegreiflich.

Immer deutlicher zeigte sich, was sich unter der dünnen Decke seiner Erziehung verborgen hatte: wie schlecht sein wahrer Charakter war. Er entpuppte sich als primitiv, laut, ruppig, gewalttätig und verlogen.
Doch dass er so etwas jemals tun würde…
Es war nur ein kleines Bügeleisen. Aber es gab eine schmerzhafte Brandblase.
Verängstigt gab ich nach, wechselte das Kleid, und wir gingen zur Schwiegermutter.
Dort tat er so, als sei überhaupt nichts gewesen, scherzte mit seinen Eltern und Freunden, die dazugekommen waren, als hätte er einen ganz normalen Tag hinter sich. Auch den Eltern schien meine Traurigkeit nicht aufzufallen. Überhaupt schienen alle unser Leben als ganz normal anzusehen. Ich war das brasilianische Mädchen, das gefälligst zu funktionieren hatte.
Ich fühlte mich von allen verlassen. Ohne die kleinen Bewegungen, die ich ab und zu in meinem Bauch spürte, wäre ich vollkommen vereinsamt gewesen.

*

In meiner Verzweiflung kam ich immer häufiger zu meinem geheimen Ort der Stille. Es tat gut, unter den Säulen um das Karree des Kreuzgangs zu gehen, mich auf eine der Steinbänke zu setzen und zu spüren wie Ruhe in meine wunde Seele strömte.

Auf dem Weg durch die Kirche ging ich diesmal besonders langsam an den Beichtstühlen vorbei. Ich hoffte, Pater Antonio zu begegnen.
Er erwartete mich bereits, als ich in den Kreuzgang trat. In priesterlicher Ruhe wandelte er um das grüne Wiesenviereck. Er hatte mich noch nicht bemerkt und entfernte sich, folgte dem Säulengang, bis er hinter der ersten Ecke des Kreuzganges verschwand. Ich setzte mich auf meine Bank und konnte ihn erst wieder sehen, als er die gotischen Bögen der gegenüberliegenden Seite erreichte. Er ging leicht vornüber gebeugt, die Hände vor seinem Bauch gefalten. Betete er? Immer wieder wurde er zwischen den Säulen sichtbar bis ihn gleich darauf der nächste Pfeiler verdeckte. Schließlich hatte er den hinteren Winkel des Kreuzganges erreicht und die dichte Säulenkette der letzten Geraden entzogen ihn meinen Blicken, bis er auf meiner Seite erschien und mich entdeckte.
Seine Gangart veränderte sich, als er auf mich zukam. Er war aus seiner Versunkenheit erwacht, ging aufrechter und schaute mich an.
„Du sagtest, du möchtest beichten, mein Kind?"
Er setzte sich zu mir.
„Beichten. Ach ja. Will ich das?"
Er sagte nichts. Wartete.
„Beichten, was ist das?", fragte ich mehr mich als ihn, „Hört mich jemand? Sicher. Sie, Pater Antonio, hören mich. Aber der da oben? Kann er mich hören? Da ha-

be ich meine Zweifel. So oft schon hat er mich nicht gehört."

Kein Widerspruch von seiner Seite.

„Ihnen würde ich beichten. Sie sind ein Mensch. Hören mich. Verstehen mich. Aber Ihm beichten? Würde Er mir antworten? Verstehe ich was Er mir sagt? Sagt Er überhaupt etwas? Hören Sie Seine Antwort, wenn ich bei Ihnen beichte?"

„Ich höre sie, mein Kind, und ich lausche auf Sein Wort. Nicht immer erkenne ich eine Antwort. Selten verstehe ich sie. Aber die Menschen kann ich verstehen. Und dann kommen mir Antworten. So ist es, wie Er zu mir spricht."

„Ich darf zu Ihnen reden?"

„Nur zu. Ich höre."

„Ich bin verheiratet. Werde bald sein Kind zur Welt bringen. Aber…"

Weiter kam ich nicht. Tränen schossen hervor. Ich hatte bisher mit niemandem darüber reden können. Nicht mit Mario, nicht mit seiner Familie, nicht mit meinen Kolleginnen. Nicht einmal mit meiner Mutter. Tröstend legte er seine Hand auf meinen Kopf.

„Aber wir lieben uns nicht", brachte ich heraus.

„Ist es das, was Sie mir beichten wollen?"

„Nicht allein das. Er betrügt mich, er verhöhnt mich, er droht mir, er vergewaltigt mich, er schlägt mich. Ich habe Angst um mein Kind und mich. Ich möchte davonlaufen. Aber wohin?"

„Haben Sie keine Familie, Eltern, Brüder, Schwestern, Freunde, bei denen Sie Zuflucht nehmen können für eine Weile? Bis zur Niederkunft?"

„Niemanden hab ich."

Dann begann ich von neuem.

„Das erste Kind haben sie mir genommen, bevor es geboren war. Was sollte ich tun? Ich habe mich gewehrt. Man hat mich gezwungen."

Er nahm die schützende Hand von meinem Kopf und strich tröstend über das Haar.

„Ja. Es war Unrecht. Ich wusste es. Am Ende habe ich es zugelassen. Das wollte ich beichten."

Er schien nachzudenken.

„Aber lassen wir nicht alle immer wieder Unrecht zu?", begann er, „und wird uns nicht immer wieder vergeben, wenn wir es eingestehen und bereuen?"

„Ich bereue es ja. Ich bereue es jeden Tag. Aber wer soll mir vergeben? Ich kann mir selbst nicht vergeben. Daher wollte ich beichten. Vielleicht würde es helfen. Würden Sie mir vergeben?"

Er antwortete nicht.

„Sie stammen nicht von hier. Ihre Sprache sagt es mir", wechselte er das Thema.

„Wo ist Ihre Heimat? Ihre Familie? Suchen Sie sie auf. Bringen Sie dort Ihr Kind zur Welt."

„Brasilien. Es ist zu spät. Achter Monat. Ich darf nicht mehr fliegen."

„So muss jemand kommen. Ich wüsste einen Ort, wo Sie bis dahin Zuflucht nehmen könnten, jetzt, da Sie bei mir gebeichtet und Vergebung erlangt haben."

*

Ich rief sofort meine Mutter an. Seit Jahren zum ersten Mal. Ich schilderte ihr ausführlich meine Situation, bat sie, zu mir zu kommen und mir beizustehen. Sie lehnte strikt ab. Ich solle meine Schwester fragen. Die jüngere, Renita. Die Große, Jana, sei unabkömmlich. – Mehr sagte sie nicht. Sie gab mir eine Telefonnummer. War sie mir noch immer böse?

Renita und ich hatten früher viel Zeit mit einander verbracht, als ich noch zu Hause in der Familie lebte. Schon als sie noch ein Baby war, musste ich auf sie aufpassen. Sie war sechs, als ich ging.

Noch schützte damals ihr Alter sie vor den Zugriffen von João, und solange Jana im Hause war, hatte sie der große Bruder nicht im Visier. Als Jana aber anfing zu arbeiten, begannen die Belästigungen. Sie erlitt das gleiche Schicksal wie ich. Aber kein schützender Engel hielt seine Hand über sie. Sie fiel in Depressionen, traute sich nicht mehr ins Haus, schlief draußen, redete mit niemandem mehr. Man brachte sie in die Psychiatrie und danach in eine psychiatrische Reha-Einrichtung. Dort bemühte man sich, die Patienten so zu beschäftigen, dass ein späterer Einstieg in einen Beruf möglich wurde. Renita wollte Friseurin werden und half auf eigenen Wunsch im Frisiersalon des Hauses aus, so gut sie konnte. Zunächst durfte sie, abgesehen von Kaffee kochen und saubermachen, nur Haare waschen. Aber sie war sehr geschickt, und lernte das Friseurhandwerk mit Leichtigkeit. Nach ihrer Entlassung bekam sie eine Stelle im Ortszentrum von Colatina.

Als ich anrief, hatte sie gerade Mittagspause.

„Mir geht es sehr schlecht. Ich weiß nicht mehr weiter. Ich brauche Hilfe. Mama hat Dir sicher schon erzählt, was los ist. Kannst Du zu mir nach Mallorca kommen?", fragte ich sie in der Annahme, dass meine Mutter sie bereits informiert hatte.

„Nein, ich weiß von nichts. Bist du nicht inzwischen verheiratet? Was ist denn los? Ich habe lange nicht mit Mama gesprochen. Wir haben wenig Kontakt. Aber ich kann dir so schon sagen: Ich möchte nicht hier weg. Ich habe eine tolle Stelle gefunden und will nicht alles aufgeben. Außerdem werde ich hier sehr gut psychisch betreut."

Ich wusste nicht, was ich sagen sollte.

„Entschuldige bitte. Ich hatte nur gedacht …"

Ich konnte nicht weiter reden und legte auf.

Noch am gleichen Tag suchte ich Pater Antonio auf, um von seinem Angebot Gebrauch zu machen, mich und meine Tochter an einen sicheren Zufluchtsort zu bringen. Er führte mich zu einem Krankenhaus in der Altstadt. Nicht weit von San Francesco. Ihm war ein

Schwesternheim angeschlossen. Hier wäre ich sicher. Keine Fremden hatten Zutritt.
Alle waren sehr freundlich. Ich war erleichtert. Fühlte mich gerettet.
Der Umzug wurde für die kommende Woche festgelegt.

*

Dann kam der Anruf.
Renita wollte wissen, was los war. Sie hatte mit der Mutter gesprochen, die hat aber nicht mit ihr geredet.
„Ich bin im 8. Monat", begann ich, und dann brach alles aus mir heraus, was ich gerade hinter mich gebracht hatte:
„Mario - das ist mein Mann - misshandelt mich. Zuletzt hat er mich in eine Disco geschleppt. Dort ist er dann verschwunden. Hat sich Drogen beschafft, wie ich jetzt weiß. Und mich mit einer ordinären Nutte betrogen. Im Auto."
„Du Arme!"
„Warte, das Schlimmste kommt erst noch. Vollgedröhnt kam er zurück. Es kam zum Streit vor der Disco. Er schlug mich. Stieß mich um. Herbeigekommene Discobesucher, die mir helfen wollten, bedrohte er. Dann trat er mich mit seinen Füßen, vor allen Leuten, obwohl ich am Boden lag und jeder meinen dicken Bauch sah. Ich glaube, er wollte unser Baby umbrin-

gen. ‚Hoffentlich verblute ich, wenn es jetzt losgeht!', dachte ich.

Es ging nicht los. Er lief weg. Zu Hause wollte er dann Sex mit mir. Ich hatte Angst und ließ ihn. Seitdem droht er mir ständig. Ich kann nicht mehr. Jemand muss mir helfen, sonst bringt er unser Kind um. Das erste hat er mir auch schon genommen. Es ist die Hölle mit diesem Mann."

Ich hörte, dass sie heulte.

„Ein Geistlicher hilft mir", beruhigte ich sie. „Durch seine Vermittlung darf ich bis zur Entbindung in einem Schwesternheim wohnen."

Nach drei Tagen war Renita da.

*

Renita zog in unsere Wohnung ein. Daraufhin wurde alles besser. Sie schlief bei mir. Mario nebenan. Sie bot guten Schutz vor seinen Übergriffen. Er hörte auf, mich zu schlagen und sexuell zu bedrängen. Aber er ist dennoch schlecht mit mir umgegangen. Sprach kaum mit mir, und wenn, dann gab es sofort Streit. In Gegenwart von Renita nahm er sich aber zusammen und mäßigte sich. Mischte sie sich ein, bekam auch sie ihren Teil ab.

Nach der Entbindung musste ich wieder anfangen zu arbeiten. Wir brauchten das Geld, denn Mario zahlte nichts. Keine Miete, kein Strom, kein Licht, nicht die Kosten des Autos. Gar nichts. Er gab alles für Drogen aus. Ich bezahlte so gut ich konnte, aber die Schulden wurden immer größer.

Während ich arbeitete, war Renita bei dem Kind. – Das Leben war wieder erträglich geworden.

Wenn ich nach Hause kam und meine kleine Laura sah, vergaß ich alles um mich herum, und ich war glücklich.

Ich hatte praktisch keine Verbindung mehr zu Mario.

Er nahm immer mehr Drogen. Rauchte. Lud Freunde in unsere Wohnung ein. Renita und ich zogen uns dann mit dem Kind zurück. Oder wir gingen aus dem Haus. Ich musste es einfach hinnehmen. Sonst gab es Streit, und ich wusste, wie das enden würde.

Nach einem Jahr verliebte sich Renita und ging häufig mit ihrem Freund aus. An solchen Abenden hoffte ich, Mario käme spät nach Hause. War er vor ihr da, war es die Hölle. Meist war er betrunken. Wollte Sex. Weigerte ich mich, schrie er mich an. Er begann wieder, mich zu schlagen. Irgendwie gab mir das Kind die Kraft, mich zu wehren. Renita sagte ich nichts.

Acht Monate blieb Renita bei mir. Dann zog sie zu ihrem Freund. Tagsüber, wenn ich arbeitete, konnte ich Laura bei ihr lassen. Nach der Arbeit holte ich sie ab.

Mario und ich schliefen in verschiedenen Zimmern. Dennoch es war schrecklich. Immer wieder Gewalt. Es war die Hölle. Ich wollte weg. Lieber heute als morgen.

Ich hatte mir ein Messer griffbereit ans Bett gelegt. Für den äußersten Notfall. Wenn ich Angst um mein Leben hätte. Das Risiko war zu groß. Diesmal würde es nicht beim Rausschmiss bleiben. Zeigte er mich an, würde ich verhaftet und käme ins Gefängnis. Langfristig würde ich abgeschoben.
Renita, drängte mich, Mario anzuzeigen.
Ich wagte es nicht. Ich hatte immer noch keine gültigen Papiere. Sie wurden mir nach der Geburt von Laura zwar in Aussicht gestellt, aber noch hatte ich nichts in den Händen. Zwar war ich mit einem Spanier verheiratet, aber offiziell immer noch illegal auf Mallorca. Kam es zum Rechtsstreit um das Kind, würde man es mit Sicherheit Mario zusprechen. Schließlich war er legitimer Spanier.
Sobald ich meinen Pass hatte, wollte ich die Scheidung einreichen.

*

Offenbar konnte Mario seine Drogen nicht mehr bezahlen. Er verlangte Geld von mir. Ich lehnte ab. Mein Geld reichte gerade nur für die Wohnung und den täglichen Bedarf. Mehr hatte ich nicht.
Er wurde immer aggressiver. Wie lange würde ich es noch ertragen können?
Dann kam der große Tag: Einschreibebrief von der Einwandererbehörde. Termin im Rathaus zur Anhörung. Heimlich schlich ich mich mit Laura aus dem

Haus. Bereit, meine brasilianische Identität aufzugeben und Spanierin zu werden.

Doch ich wurde beschenkt: Doppelte Staatsbürgerschaft für mich, spanische für Laura. Plötzlich war alles ganz einfach. Die Papiere waren vorbereitet. Mussten nur noch unterschrieben werden.

Aus Angst vor Mario ging ich vom Rathaus aus als erstes zu einem Notar, und gab ihm die Originale zur Aufbewahrung. Dort, wusste ich, waren sie in Sicherheit. Ich ließ mir beglaubigte Kopien machen.

Als ich das Notariat verließ, war es als beträte ich eine neue Welt. Ich brauchte mich nicht mehr als illegale Ausländerin zu verstecken, war gleichwertig mit den Menschen meiner Umgebung. Mehr sogar eigentlich: Ich war nicht nur Spanierin, sondern gleichzeitig Brasilianerin. Privilegierter als sie alle, die mich so verachtet hatten. Freier als alle, die ich kannte.

Endlich durfte ich auch offiziell arbeiten. Ich bekam einen Arbeitsvertrag in einer Boutique.

Mario wollte nicht, dass ich arbeite. Er fürchtete, dass ich unabhängig würde. Aber wovon sollten wir leben? Natürlich nahm ich die Stelle an. Sie war jetzt, mit Papieren und Arbeitsvertrag, besser bezahlt. Die Arbeit war nicht einfach, aber auch nicht schlecht.

Morgens kam Laura in die Krippe, denn auch Renita arbeitete jetzt vormittags. Nachmittags war sie nach wie vor bei meiner Schwester. Bei ihr war sie gut aufgehoben.

Dennoch hatte ich wenig Zeit, das Haus in Ordnung zu halten und zu kochen. Wenn Mario heimkam, schimpfte er. Machte mir Vorwürfe und behandelte mich wie ein Stück Dreck.
Doch was sollte ich tun? Ich musste arbeiten, wenn wir nicht verhungern wollten. Natürlich litt die Ordnung der Wohnung darunter, dass ich so wenig Zeit hatte.
Ich hab ihn einfach schimpfen lassen.
Da das Geld dennoch nicht reichte, nahm ich zusätzlich für abends eine Stelle als Servierin in einer Diskothek an. Von Mitternacht bis um vier Uhr morgens. Monatelang nur vier Stunden Schlaf. Ich magerte ab. War schließlich total erschöpft. Aber ich machte weiter.
In dieser Zeit sollte Mario, wenn ich in der Disco war, bei dem Kind sein.
Als ich eines Tages von der Diskothek zurück war und zu meiner nächtlichen Arbeit wollte, kam er nicht rechtzeitig. Und als er dann endlich kam, war er betrunken. Ich musste in die Diskothek. Aber ich konnte die Tochter unmöglich mit diesem Betrunkenen allein lassen. Ich beschloss, sie für die Nacht zu meiner Schwester zu bringen.
Als ich los wollte, gab es Streit. Er warf eine gläserne Vase nach mir. Das Glas zerbrach und schnitt mir das Gesicht auf. Ich blutete fürchterlich und schrie um Hilfe. Da kam er auf mich zu und begann, mich zu

würgen. Irgendwie konnte ich mich befreien, lief auf die Straße zur Telefonzelle und machte einen Notruf.
Die Polizei war schnell da. Die Polizisten rieten mir, sofort Anzeige zu erstatten, und gaben mir ein Formular. Während sie sich um Mario kümmerten, füllte ich es aus. Mario wurde in Gewahrsam genommen. Sie nahmen ihn zur Wache mit.
Es wurde verfügt, dass er sich mir fortan nicht mehr nähern durfte. Die gerichtliche Anordnung bekam ich bereits am Tage darauf.

5. Kapitel

Ich entschied mich, Mario zu verlassen, suchte mir eine andere Wohnung und bin für immer gegangen.
Die Zeit nach der Trennung war schwierig. Er war gegen die Scheidung. Ich beauftragte einen Rechtsanwalt. Es gab erbitterten Streit um das Sorgerecht. Es dauerte zwei furchtbare Jahre, bis die Scheidung durch war. Das Kind wurde mir zugesprochen. Allerdings musste ich unsere Schulden übernehmen, da während der Ehe alle Anschaffungen und auch die Wohnung über meinen Namen gelaufen waren.
Danach wurde es besser. Ich wurde ruhiger, musste mich nur noch um meine eigenen Angelegenheiten kümmern.
Allerdings war die Verschuldung sehr hoch. Als erstes verkaufte ich mein Häuschen in Brasilien. Ich wollte lieber auf Mallorca bleiben. Das Klima, die Strände, die Menschen, der Tourismus mit seinen Arbeitsmöglichkeiten, es war ein guter Ort, um hier zu leben.
Viel brachte der Verkauf nicht. Kaum mehr als zur vorzeitigen Ablösung der Hypotheken nötig war. Also musste ich meine beiden Jobs beibehalten. Tags in der Boutique, nachts in der Disko.
Es zehrte an meinen Kräften. Nur ganz allmählich verringerte sich die finanzielle Belastung. Immerhin, ich war frei, und es ging endlich wieder bergauf mit mir. Aber es war kein Leben so.

Obwohl ich pausenlos arbeitete, auch an den Wochenenden, das Geld war immer knapp. Schuldenabtrag, Wohnung, Kleidung, Essen, Schulsachen. Dann war nichts mehr übrig. Was hätte ich meiner kleinen Laura nicht alles gegönnt, was ihre Klassenkameradinnen wie selbstverständlich bekamen.
Aber es ging nicht. Es fehlte an allen Ecken und Kanten. Ich tat ja schon für die Kleine, was ich konnte. Und was hatte sie davon? Sie sah mich nur immer arbeiten. Kein gemeinsamer Urlaub, kein Wochenende irgendwo am Meer.
Und dennoch: sie schien alles so gut zu finden, wie es war. Zeigte sich heiter, lachte viel, war lieb und herzlich zu mir. Ich glaube sogar, sie war glücklich.
Es würde noch Jahre dauern, bis ich schuldenfrei sein würde, weniger arbeiten müsste und mehr mit ihr zusammen sein könnte.
Ich wusste nicht, wie ich das durchhalten sollte. Lange konnte es so nicht mehr gut gehen.

*

Renita, die sich früher um meine Kleine gekümmert hatte, war mit ihrem Mann nach Granada gezogen. Nun musste ich Laura abends allein lassen. Wir sahen uns nur zum Frühstück und beim Abendessen, bevor sie ins Bett ging.
Als Laura acht war, machte ich schlapp. Kippte einfach um. Nachts um drei in der Disco.

Ein Arzt schrieb mich krank. Aber was soll's? In meinem Vertrag war keine Lohnfortzahlung im Krankheitsfall vorgesehen.
Ich studierte Stellenanzeigen. Gut bezahlte Arbeit gab es für mich nicht. Kein Posten, von dem ich mit Laura leben und gleichzeitig meine Schulden tilgen könnte. Ich versuchte es im Marketingbereich von Unternehmungen. Mein abgebrochenes Studium zählte nicht. Man bot mir ein Praktikum. Unbezahlt.

Für zwei Tage meldete ich mich krank. Ich genoss es, dass ich Laura auf ihrem Schulweg begleiten konnte. Als sie in der Schule war, spazierte ich durch die Altstadt bis zum Hafen, setzte mich in der Palmenalle auf eine Bank, und schaute über das Meer. Irgendwo dort musste Brasilien sein. Heimweh? Ich verscheuchte den Gedanken und ging hinüber zu einem Straßencafé. Zusammen mit anderen Müßiggängern trank ich eine Tasse Kaffee. Es war ein wenig wie an meinem ersten Tag in Palma, und ebenso wie damals führte mich mein Weg zur Basilika San Francesco. Von der Bank meines geliebten Kreuzganges schaute ich über den grünen Rasen zum Rosenstock am Brunnen.
Es war noch früh am Morgen. Der blühende Busch lag noch im Schatten. Aber er spendete Zuversicht. Ein solch heiliger Ort der Stille hat etwas Besonderes. Auch für mich. Obwohl ich nicht gläubig bin. Ich fühlte mich Gott näher, ohne dass mir bewusst wurde, dass ich nicht an ihn glaubte. Wenn ich hier verweil-

te, kam es vor, dass ich Gebete sprach. Dankgebete, wenn ich an Laura dachte und an die Trennung von Mario. Bittgebete diesmal. An wen? Das spielte keine Rolle. Ich bemerkte, dass meine Worte ins Leere gingen. Ich sprach mit mir selbst.
Wie sollte es mit Laura und mir weitergehen? Jedenfalls nicht so. Wem würde es nützen, wenn ich mich gesundheitlich ruinierte, immer nervöser und unzufriedener würde?
Aber ich war nicht zum Jammern her gekommen.
Hatte ich mir nicht alles selbst eingebrockt? Mich mit einem Mann eingelassen, den ich nicht liebte? Ihn nach den Enttäuschungen in Spanien als Ausstieg benutzt? Ihn geheiratet, obwohl ich ihn verachtete? Zugunsten eines bürgerlichen Lebens feige meinen Jungen abgetrieben? Mich von ihm als Magd und Hure benutzen lassen? Warum bin ich nicht geflohen, als es noch früh genug war? Als ich merkte, dass er Drogen nahm, dass er mich betrog? Warum? Warum war ich so dumm gewesen?
Aber dann gäbe es meine Laura nicht.
Ich schloss die Augen. Weinte ich?
Als ich sie wieder öffnete, fiel ein erster Sonnenstrahl auf die Rose.
Es gab nur einen Weg. Ich kannte ihn. Er würde schwer sein. Ich wollte es noch einmal auf mich nehmen und ihn gehen.

*

Vorbei an der Bar, in der ich gearbeitet hatte, ging ich auf das Haus zu, das ich damals mit meinen Kunden besucht hatte.
Nein, sie hatten keine festen Zimmer. Vermietung nur stundenweise. Gaben mir eine andere Adresse. Schäbig, aber gut gelegen.

Nicht nur die Freier, die mir damals mein Chef zugeteilt hatten, nein hier in Palma verlangten fast alle ‚Natur pur'. Was dachten sie dabei? Sie kannten mich doch überhaupt nicht. Und trotzdem gingen sie bedenkenlos das Risiko ein, sich bei einer Hafennutte anzustecken.
Zunächst wies ich solche Freier ab. Aber das ging nicht. Dann gingen sie zu meinen Kolleginnen. Junge hübsche Mädchen. Von ihnen bekamen die Männer alles was sie verlangten. Die meisten standen unter Drogen. Wohl nur so konnten sie ihre Lage ertragen.
Ich hatte meinen Job in der Pizzeria gekündigt. Bis sich etwas anderes bot, musste ich so weiter machen. Wollte ich wirklich Geld verdienen, musste ich mich der Nachfrage anpassen. Es ging nicht anders. Augen zu und durch.
Nebenher bewarb ich mich bei einem Begleitservice. Gute Bezahlung, wohlhabende Klientel. Meist gingen die Aufträge über wenigstens eine Nacht. Die Ab-

rechnung lief über die Agentur, die den größten Teil des Lohnes einbehielt.

Wegen der Insellage war mein Service meist lediglich ein Hotelbesuch auf Mallorca. Da ich nicht als Hure in den Hotels von Mallorca bekannt werden wollte, gab ich den Job schnell wieder auf. Außerdem waren die Kunden auch nicht viel besser als die Freier im Bordell.

War es typisch für die spanischen Männer – ausländische Touristen waren wider Erwarten selten - oder war es typisch für Männer überhaupt? In ihren Augen war ich nur sexuelles Objekt. Ware. Kein Mensch, nur Fleisch. Es war schrecklich.

Einen Vorteil gab es: ich konnte meine Arbeitszeiten selbst bestimmen, sodass ich mehr mit Laura zusammen sein konnte. Manchmal fuhren wir sonntags aufs Land oder legten uns irgendwo zusammen an den Strand.

Außerdem verdiente ich gutes Geld. Nicht im Überfluss wie früher im ‚O Unicórnio' oder in Kaiserslautern, aber immerhin. Doch die Arbeit war furchtbar. Beinahe noch schlimmer als in Madrid und Barcelona. Ich erspare mir Details. Sie wären zu eklig. Und niemand würde mir glauben, außer Frauen, die die Szene kennen.

Vor allem aber hatte ich Angst um Gesundheit und Leben.

Die wenigen Stunden, die ich schlief, träumte ich von erniedrigender Misshandlung, Krankheit und Tod.

*

In meiner Verzweiflung versuchte ich, mit der Kollegin und Freundin Kontakt aufzunehmen, mit der ich seinerzeit meine Spanien-Tournee begonnen hatte. Vielleicht hatte sie inzwischen etwas Besseres gefunden und konnte mir einen Tipp geben.
Die alte Handynummer führte zu nichts. „Kein Anschluss unter dieser Nummer."
Ich versuchte es im Club in Brasilien. Dort war sie nicht mehr. Aber ich wurde weiter vermittelt an ihre Familie. Man sagte mir, dass Luiza jetzt in Deutschland in einem Hotel arbeitet und gut verdient. Ich bekam ihre aktuelle Telefonnummer.
Natürlich war es kein Hotel.
Aber es stimmte. Sie verdiente gut. Sehr gut sogar.
Am Telefon machte sie einen zufriedenen Eindruck. Klare, lebhafte, unbeschwerte Stimme. Spontan lud sie mich ein, nach Rostock zu kommen, wo sie gerade arbeitete.
„Setz dich einfach in den Flieger. Ich hol dich in Hamburg ab."
„Lieb von dir. Ich möchte dich treffen. Unbedingt. Ich brauche deinen Rat. Außerdem habe viel zu erzählen. Du sicher auch. Stell dir vor, ich war sogar verheiratet!"

„Du verheiratet? Ich glaub es nicht. War ein Kind unterwegs?"
„Das auch. Und vieles mehr. Vor allen brauche ich aber Arbeit. Wir sollten uns sehen."
„OK. Wann kommst du?"
„Kannst du nicht nach Mallorca kommen? Es wäre einfacher für mich. Ich habe eine Tochter und möchte sie nicht gern allein lassen. Außerdem ist es bestimmt viel schöner hier im sonnigen Palma als im kalten, regnerischen Norden von Deutschland."
„Ich fände es toll, wenn du hier arbeiten würdest. So wie ich. Hier könnte ich dir gleich alles zeigen. Ich meine, wie es mit der Arbeit so läuft. Es ist nämlich völlig anders als in Spanien. Ich bin vollkommen selbständig, habe mich bei den Behörden als Gewerbetreibende angemeldet, zahle sogar Steuern... Ach komm doch her. Das ist einfacher."
Ich wartete die Semana Santa ab. Da gab es ein paar Tage Schulfrei. Laura konnte die Zeit bei Consuelo, einer Freundin in der Nachbarschaft wohnen, und ich flog für drei Tage zu Luiza. Ostern wollte ich wieder zurück sein.

*

Inzwischen arbeitete Luiza in Lübeck. Sie führte mich in ihr Ein-Zimmer-Appartement im elften Stock eines Hochhauses: Im spärlichen Licht des abgedunkelten Raumes erkannte ich: Riesiges Bett, Nachttisch mit

Döschen, Tuben und anderen Utensilien, Kommode, Sofa, Couchtisch, Laptop. Vom kleinen Flur aus ging es in Miniküche und Duschbad. Alles schien ziemlich sauber.

Sie schob die Vorhänge zurück und ging auf den Balkon: Weiter Blick über Häuser und Dächer und unendlich viel Himmel.

„Hier also lebst du? Nicht schlecht."
„Nur diese Woche."
„Du ziehst um?"
„Jede Woche bin ich an einem anderen Ort. Nächste Woche wieder in Rostock. Die Wohnung da ist viel größer aber nicht so gut. Ich teile sie mit zwei Kolleginnen."
„Jede Woche woanders?"
„Genau. Ist lästig. Hat aber seine Vorteile. So ist der Markt riesig groß. Nicht nur eine Stadt. Halb Norddeutschland. Und in den meisten Orten Stammgäste, die nur darauf warten, dass ich wiederkomme."
„Und wie wissen die, dass du da bist?"
„Internet. ‚www.love-me.de'. Da findest du von allen verfügbaren Mädchen Telefonnummer, Anschrift, Anfahrtsweg, Sprache zur Verständigung, Serviceliste, sexy Fotos und Personenbeschreibung bis hin zu Körpergröße und Körbchenmaß."

Das Telefon klingelte.
Willst du hören, wie das geht?
Ich nickte neugierig.
„Hallo. Luna?"

„Yes. Luna here."
„Have you time for me?"
„Not today. Tomorrow."
„OK. Tomorrow. Five o'clock, for half an hour?"
„Five o'clock is OK. Half an hour? 100€."
„OK. See you tomorrow."
„By!"
„Du nennst dich Luna? Find ich gut."
Wir machten einen Stadtbummel. Das Wetter meinte es gut mit uns. Nicht so warm wie in Palma, aber immerhin, man konnte im Freien essen.
Überall wimmelte es von Touristen. An einem Kanal setzten wir uns auf die Straßenterrasse eines Restaurants. Touristenboote fuhren vorbei, durch Lautsprecher wurde in mehreren Sprachen erklärt, was gerade an Sehenswürdigkeiten zu sehen war: In der spanischen Version verstanden wir: Die Giebel der Häuserreihe, in der auch unser Restaurant lag, waren vierhundert Jahre alt. Es waren alte Handelshäuser. Gegenüber am Kanal standen alte Speichergebäude. Rote Backsteinbauten mit schönen, in Treppenstufen gezackten Giebeln. Weiter weg ein riesiges altehrwürdiges Stadttor, heute Foltermuseum.

Luiza war seinerzeit noch ein paar Wochen bei ihrer Tante in Barcelona geblieben. Danach ging sie zurück nach Brasilien und arbeitete wieder im ‚O Unicórnio'. Sie lernte einen jungen brasilianischen Unternehmer aus Rio kennen, der ihr den Himmel auf Erden versprach. Sie glaubte kein Wort. Folgte ihm aber zum Carnaval in seine Heimatstadt. Carnaval in der faszinierenden rastlosen Stadt mit dem berühmten Zuckerhut und der Copacabana, das war ein Angebot. Der Typ, der sie eingeladen hatte, interessierte sie nicht so sehr. Sie mischte sich unters Volk, amüsierte sich in Rio auch noch ein paar Wochen nach Carnaval, nutzte ihre beruflichen Erfahrungen, schlief kaum, kannte bald alle Nobelabsteigen, genoss tagsüber den Strand und kehrte knackig braun, glücklich und zufrieden in ihr verträumtes Heimatstädtchen zurück. Dort arbeitete sie ein paar Jahre weiter, zunächst im ‚O Unicórnio', dann in einem ähnlichen Haus am Stadtrand in der Nähe des Strandes.

In Rio hatte sie von den Verdienstmöglichkeiten und der Organisation der Prostitution mit wechselnden Wohnungen in Deutschland erfahren. Auf eigene Faust fuhr sie nach Kiel, informierte sich über ihre Arbeitsmöglichkeiten und stieg in das Geschäft ein. Seitdem arbeitete sie hier.

„Ich habe hier riesige Freiheiten. Ich miete wochenweise jeweils eine der angebotenen Wohnungen. Das ist natürlich nicht ganz billig. Aber mehr habe ich nicht zu bezahlen. Ich entscheide selbst, was ich an Dienstleistungen anbiete und ob ich einen Freier akzeptiere oder zurückweise. Und wenn ich eine Woche oder mehrere aussetzen möchte, sage ich der Agentur Bescheid, und es ist OK."

„Und das geht einfach so? Gehst hin und sagst, ich will ab jetzt dabei sein?"

„Genau. Natürlich müssen deine Papiere in Ordnung sein. Du musst das Gewerbe anmelden, dich regelmäßig Gesundheitsprüfungen unterziehen und Steuern zahlen. Aber sonst bleibst du vollkommen frei, solange du die Miete zahlst."

Am Abend gingen wir in Luizas Wohnung. Sie schaltete das Telefon ab, und wir machten es uns bei einer Flasche ‚Marqués de Riscal - Reserva' – oder waren es drei? - in ihrem Hurenbett gemütlich.

Am Ende hatte Luiza eine tolle Idee:

„Morgen bummelst du durch die Stadt, und um fünf Uhr – wenn du willst auch früher – darfst du probearbeiten. Der Typ, der sich angemeldet hat, merkt sowieso nicht, wenn du ihn an meiner Stelle als Luna empfängst. Ich bleib so lange in der Küche. Wenn du willst, kannst du ihm auch anbieten, es ihm gemeinsam mit mir zu machen. Würde mir Spaß machen mit dir zusammen. Kostet dann natürlich mehr."

„In diesem Sinne: Auf uns!"

Sie machte das Licht aus, kuschelte sich an mich, und im Nu waren wir eingeschlafen.

*

Pünktlich um 17.00 Uhr klingelte es. Ich öffnete die Tür einen Spalt breit und sah einen ziemlich jungen, noch dazu gut aussehenden Mann vor mir.

„Luna?"
Statt einer Antwort gab ich ihm die Hand und zog ihn in unser Appartement.
„Komm rein!"
Zögernd folgt er meiner Aufforderung.
„Im Internet sahst du irgendwie anders aus."
Ich stand im knappen roten Bikini vor ihm, und er musterte mich von oben bis unten.
„Besser?"
„Kann ich so nicht sagen. Anders. Andere Figur. Andere Augen."
„Wenn ich dir nicht gefalle, sag es ruhig", ermutigte ich ihn und schaute ihm mit dem liebenswürdigsten Lächeln in die Augen, das mir zu Gebote stand. Schließlich hatte ich ja als Notbremse noch einen Pfeil im Köcher, genauer gesagt, in der Küche.
Er überlegte einen Augenblick.
„Nein, schon gut."
Er legte zwei Fünfziger auf das Bett und kam auf mich zu, umarmte mich, und zur Begrüßung küsste er mich scheu auf beide Wangen. Dann strich er mir mit seinen Händen leicht über den Rücken, zielbewusst bis hinab zum Po und drückte mich an sich.
„Dusche?", fragte ich, obwohl er eigentlich frisch und sauber roch.
„Nein. Hab ich gerade."
Er ließ mich los und begann, sich auszuziehen. Erst die Schuhe, dann den Pullover. Als ich ihm das Hemd aufknöpfte, versuchte er, meinen BH-

Verschluss zu öffnen. Um es ihm zu erleichtern - aber nicht nur deshalb, ich wusste, wie er reagieren würde – drehte ich mich mit dem Rücken zu ihm. Der Verschluss ging auf, und der hübsche BH ließ dem Busen seine Freiheit. Von unten ergriff er meine Brüste mit beiden Händen, die erfreut die Aufgabe übernahmen, die vorher mein niedlicher BH geleistet hatte.
Ich drehte mich wieder zu meinem Besucher hin. Schnell war er ausgezogen. Er betrachtete mich. Schüttelte den Kopf.
„Du bist schön", sagte er und lachte.
„Aber du bist nicht Luna."
„Schlimm?"
„Nein. Aber ..."
„Das lässt sich ändern. Soll ich?"
Bevor er antworten konnte, rief ich:
„Luna, kommst Du bitte?"
Nur mit einem kleinen schwarzen Slip und einem Hauch von BH bekleidet erschien sie in der Küchentür.
„Nur mich oder uns beide?", fragte sie lächelnd.
Er schaute unsicher von mir zu ihr und wieder zu mir. Konnte sich nicht entschließen. Dann lachte er.
„Gute Idee. Am liebsten ja euch alle beide, wenn's nicht zu teuer ist."
„Sonderpreis für dich. Ein Fünfziger extra."
Wortlos ging er zu seinen Sachen und zauberte die verlangten fünfzig Euro hervor.

*

„Dich fand er wohl besser."

„Er hatte sich ja nun mal Luna in den Kopf gesetzt."

„Das war es nicht. Nein, er fand dich besser. Hast ja auch eine tolle Figur."

„Busen, meinst du. Stimmt. Ist besser als deiner. Aber dafür bist du schlanker. Wär ich auch gern."

„Wie hast du das geschafft? Deine Brüste sind wie früher. Bist doch so alt wie ich. Machst du spezielle Übungen?"

„Hab ich versucht, als sie schlaffer wurden. Bringt aber nicht wirklich was."

„Du meinst …"

„Genau. Hab der Natur ein wenig nachhelfen lassen."

„Wirklich? Lass sehen! Sieht aber wirklich echt aus. Fühlt man das nicht?"

„Hättest du dann ja eben gemerkt. Nein, fühlen sich ziemlich echt an. Hab sie auch nicht so prall machen lassen wie viele andere. Ein wenig sollen sie ruhig hängen. Aber natürlich nur ein wenig."

Sie legte meine Hände auf ihren Busen.

„Hier. Nur wenn du so drückst, kannst Du was merken. Tut aber normalerweise keiner."

„Und dein Gefühl, ist das wie vorher? Ich meine, empfindest du da noch was, ist das noch erregend, wenn du da berührt wirst?"

„Ganz am Anfang war es weg. Aber es ist wiedergekommen. Doch, so dann und wann, wenn mal einer richtig gut ist, regt es sich da wieder wie früher."
Ich überlegte.
„War das teuer?"
„Mit allem Drum und Dran siebentausend. War eine Spezialklinik. Hat sich aber wirklich gelohnt. Kannst es anderswo auch billiger bekommen. Rat ich dir aber nicht."
„Hier in Deutschland?"
„Nein. Du wirst es nicht glauben: Auf Mallorca. Eine Klinik unter deutscher Leitung, die sich auf Touristinnen spezialisiert hat, die sich dort heimlich verschönern lassen, während alle Welt meint, sie machten lediglich Urlaub. Kann dir die Adresse geben und den Namen des Arztes. Ich war sehr zufrieden."

*

Zurück in Palma folgte ich Luizas Empfehlung.
Das Centro Medico Internacional bot im Internet eine unverbindliche, kostenlose und anonyme Beratung über Techniken, Erfolgsaussichten, Risiken und Preise des Eingriffs an.
Ich meldete mich an. Der beratende Arzt war ein Deutscher, sprach aber akzentfreies Spanisch. Er gab mir ein ganzes Paket mit Material zur medizinischen Aufklärung über die Möglichkeiten einer Brustoperation und erklärte Einzelheiten.

Dann brach er das Gespräch plötzlich ab, schob die ganzen Werbeschriften beiseite und schlug vor, die ganze Problematik in Ruhe zusammen zu besprechen. „Wissen Sie, ein solcher Eingriff ist schwerwiegender als die Operation eines Beinbruches oder auch das Einfügen einer neuen Hüfte. Eine chirurgische Veränderung der Brust muss man anders sehen. Sie unternehmen sie ja nicht aus medizinischen Gründen. Im Gegenteil. Unter diesem Blickwinkel müsste Ihnen jeder Arzt von dem Eingriff abraten."
Er sah mich an, als wollte er sich vergewissern, dass ich zuhörte und verstand, was er sagen wollte. Er hatte natürlich recht. Aber warum sagte er das? Mir als potentieller Klientin der Klinik?
„Nein", redete er weiter auf mich ein, „in Wirklichkeit wollen Sie ein anderer Mensch werden, eine noch attraktivere Frau als Sie ohnehin schon sind. Und Sie meinen, ein Chirurg könnte das mit seinem Skalpell schaffen."
Er machte eine Pause.
„Eigentlich dürfte ich Ihnen das gar nicht sagen. Aber Sie sind so natürlich, so sympathisch, strahlen so viel Selbstbewusstsein aus, dass ich es keinem Chirurgen erlauben möchte, Sie - wie soll ich sagen - ja, ich sag's einfach: Sie zu verstümmeln."
Er stand auf.
„Entschuldigen Sie. Nein. So geht das nicht", unterbrach er sich selbst.

Er ging an seinen Schreibtisch und blätterte in einer Zeitung.

„Hier."

Er riss die Werbung eines Altstadtrestaurants heraus, kritzelte *morgen 21 Uhr* darauf und gab es mir.

„Einverstanden?"

So individuell hatte ich mir die medizinische Beratung in einem renommierten Klinikzentrum nicht vorgestellt. Ich wirkte wohl ziemlich verwirrt. Und war es auch.

„Tun Sie, was Sie wollen. Aber ich bin sicher, unser Gespräch könnte wichtig für Sie werden."

Er begleitete mich zur Tür. Wohl mehr für das Vorzimmer als für mich bestimmt, verabschiedete er mich mit den Worten:

„Hier finden Sie alles was Sie wissen müssen. Lesen Sie es sich gut durch, und dann sehen wir uns hoffentlich bald wieder."

Dabei gab er mir das Informationsmaterial, das ich vergessen hatte, und reichte mir zum Abschied die Hand.

Tags darauf suchte ich das Centro Policlínico Quirúrgico auf, in dem das Centro Medico Internacional den Eingriff durchführen lassen würde.

„Ich möchte mich nur einmal unverbindlich informieren und umsehen", erklärte ich der Rezeption. Im Centro sagte man mir, das sei ohne weiteres möglich, auch wenn ich im Augenblick noch nicht zu einem Eingriff entschlossen sei.

Man war höflich, distanziert, korrekt, zeigte mir die Kantine und eines der Krankenzimmer, stellte mir auf dem Wege dahin einen vorbei eilenden Herrn im weißen Kittel als zuständigen Abteilungsleiter vor, fragte, ob ich noch weitere Fragen hätte.
„Sicherlich hat man Sie im Centro bereits über alle Details informiert. Oder?"
Ich nickte.
„Wenn Sie sich entschlossen haben und den Termin wissen, kommen Sie am besten einen oder zwei Tage vorher zu uns. Der Operateur und der Anästhesist werden Sie dann zu einem Vorbereitungsgespräch empfangen und alle Ihre weiteren Fragen beantworten."
Alles war sehr clean. Eine Spur zu steril. Das Personal, meine ich.

*

Keine Ahnung, was er wollte. Plumpe Anmache? Oder war ihm klar, wie ich mein Geld verdiente und wollte wie alle anderen nur das Eine?
Wie auch immer. Ich ging hin. Turnschuhe. Kurzen, nicht zu kurzen Rock, dezent ausgeschnittes Tshirt. Als käme ich gerade vom Strand. Hatte ja nichts zu verlieren. Und notfalls: mit einem zudringlichen Mann wusste ich fertig zu werden.
Ich hatte vor, ein wenig später anzukommen als verabredet. Denn ich wollte nicht allein da sitzen,

angegafft werden und auf einen fremden Mann warten.

War es Neugier? Vielleicht. Ich weiß nicht. Jedenfalls kam ich fünf Minuten früher als verabredet am Treffpunkt an. Und siehe da, mein neuer Verehrer saß bereits auf der Terrasse und erwartete mich.

Als ich ihn bemerkte, hatte er mich noch nicht gesehen, und ich machte kehrt. Nur nicht auch zu früh kommen! Solidarität hin, Solidarität her, nein diesen Triumph wollte ich ihm nicht gönnen. Also erst noch einmal um den Block. Zeit, mich innerlich ein wenig auf die ungewohnte Situation vorzubereiten.

Seltsam, ich war nervös. Hunderte Verabredungen mit unbekannten Männern hatte ich in den letzten Wochen gehabt. Allerdings nur dienstlich.

Und nun wollte mich jemand privat kennenlernen, und ich war aufgeregt. Dabei, ehrlich gesagt, nahm ich das Date überhaupt nicht ernst. Ging nur aus Neugierde hin. Nein schon das war übertrieben. Eigentlich nur, um ein wenig Abwechslung zu haben. Dachte ich wenigstens. Immerhin, ich war gespannt. Und ich hatte ja bereits meine erste Überraschung:

Der Herr Doktor kam zu früh zur Stelldichein mit seiner Patientin. Gutes Zeichen, egal ob es Zufall, Ungeduld oder Absicht war. Offenbar nahm er die Verabredung ernst.

Ich beschloss, ihn zu belohnen und mich nicht durch verspätetes Erscheinen rar zu machen, sondern genau zum ausgemachten Zeitpunkt zu erscheinen.

Diesmal näherte ich mich dem Restaurant von der anderen Seite, also aus seiner Blickrichtung.
Schon von weitem entdeckte und erkannte er mich. – Neuerlich ein gutes Zeichen. Gutes Zeichen? Wofür? Wollte ich was von ihm?
Er stand nicht direkt auf, als er mich sah, dafür war ich schließlich noch zu weit weg. Aber durch eine kleine Handbewegung, ein leichtes Winken, gab er zu erkennen, dass er mich bereits entdeckt hatte.
Ich ging langsam auf das Lokal zu. Hatte also Zeit, ihn unauffällig ein wenig zu mustern:
Blond, braungebrannt, unauffällig leger gekleidet. Größer und besser aussehend, als ich ihn in Erinnerung hatte. Aber kein Playboy. Überhaupt nicht. Eher brav.
Er kam mir auf der Terrasse ein paar Schritte entgegen, um mich zu begrüßen.
„Guten Abend, Frau Del Bosco. Ich war mir nicht sicher, ob Sie meiner ungewöhnlichen Einladung folgen würden, aber glauben sie mir, ich freue mich sehr, dass Sie ihr gefolgt sind."
Es klang ehrlich. Nicht wie eine hohle Floskel.
Ich reichte ihm die Hand.
„Ich freue mich ebenfalls", und ich nickte ihm freundlich zu.
Der Anfang war zögerlich. Er machte einen beinahe schüchternen Eindruck. Entschuldigte sich sogar:

„Zugegeben, etwas plump, Sie einfach so einzuladen, wo Sie doch nur bei mir in der Klinik waren, um meinen ärztlichen Rat einzuholen."

„Lassen Sie. Ich bin ja gekommen. Sogar gern gekommen", rutschte es mir heraus.

„Wie schön! Dann machen Sie es mir ja leicht, mich Ihnen zu erklären."

„Gibt es etwas zu erklären? Dann nur zu. Ich bin gespannt."

Es gab eine kleine Pause. Offenbar suchte er nach einem Anfang.

„Lassen Sie mich ohne Umwege sagen, was ich Ihnen sagen möchte."

Ich nickte aufmunternd.

„Sicher hatten Sie gestern erwartet, ich würde Sie nach einer kurzen allgemeinen Vorrede untersuchen, Ihren Busen in Augenschein nehmen, ihn betasten, eine fachmännische Beurteilung abgeben, und dann einen Vorschlag machen, was für einen Eingriff ich Ihnen als Fachmann empfehlen würde."

„So etwa hatte ich mir das vorgestellt."

„Klar. Der normale Ablauf. Hundertmal praktiziert. Bei jedem Kollegen wäre es auch so gewesen. Aber es ging nicht. Nicht gestern. Und schon gar nicht bei Ihnen."

Ich schaute ihn fragend an.

„Ich hatte gerade mein Kündigungsschreiben abgegeben."

„Sie haben gekündigt? Können mich überhaupt nicht mehr behandeln?"

„Doch. Das schon. Ich gehe erst zum Quartalsende. Es wäre also noch genug Zeit. Aber das ist nicht das was ich sagen wollte. Ich habe gekündigt, weil ich diese Eingriffe zu oft gemacht habe. Immer wieder sind junge Frauen mit ihrem natürlichen Busen zu mir gekommen, und ich habe sie mit einer Protese entlassen. Ja, erschrecken Sie nicht, nichts anderes ist es, was man so naiv eine Schönheitsoperation nennt. Klar. Am Strand im Bikini sahen die Damen dann hinterher attraktiver aus. Unbestritten.

Aber ich bin Arzt. Ich möchte Hilfesuchenden helfen. Was ich aber in dieser Klinik zu tun hatte, widerte mich zuletzt regelrecht an. Ich konnte eigentlich keine schöne Frau mehr bewundernd mit meinen Blicken genießen, ohne mir ihren Busen mit den Augen des Chirurgen vorzustellen, mich zu fragen, ob er wohl echt ist und zu überlegen, ob und wie man ihn "verschönern" könne, welches Implantat und welchen Einschnitt man am besten wählen würde. Die Empfänglichkeit für den verführerischen Reiz einer hübschen Person drohte mir verloren zu gehen. Ich wollte einfach nicht mehr. Und dann kamen Sie. Eigentlich hätte ich Sie untersuchen sollen. Aber das hätte die wunderbare erotische Spannung zerstört, die Sie vom ersten Augenblick an auf mich ausgeübt haben. Sie hatten eine so natürliche, angenehme Ausstrahlung. Ich konnte nicht anders als mich zu

weigern, aus Ihnen eine technische Baustelle für mein Skalpell zu machen."
Er stockte. Sah mich fragend an.
„Ist das jetzt ein Kompliment?"
„Was sonst?"
„Sie finden meinen alterndenden Busen schützenswert?"
„So ist es."
Wie um das Thema zu wechseln, sah er sich nach dem Kellner um.
„Nehmen Sie auch einen Mojito vorweg?"
Ich nickte und lächelte ihn an.
So wie er da saß, beinahe ein schüchterner kleiner Junge, tat er mir leid. Ganz kurz berührte ich seine beiden Hände.
'Sie Armer!', hätte ich sagen wollen. Verkniff es mir aber, zog meine Hände schnell aus seiner Reichweite zurück und schwieg.
„Und nun?", fagte ich nach einer Weile. „Sie wollen meinen Busen also nicht operieren."
„Keinesfalls. Ich könnte Ihnen nicht in die Brust schneiden."
„Und wenn es nun mein großer Wunsch wäre?"
„Dann müssten Sie zu einem meiner Kollegen gehen. Aber mich würden Sie dann nicht wiedersehen."
„Und anderenfalls?"

*

In Palma gab es eineinhalb Monate Sommerferien. In der Zeit wollte ich probeweise mit Luiza zusammen in Deutschland arbeiten.
„Ich habe die Möglichkeit, im gleichen Hotel zu arbeiten wie eine gute alte Freundin von mir", begründete ich im Bekanntenkreis meine Reise.
Laura konnte die Ferien bei meiner Schwester in Granada verbringen. Ihre Kinder waren etwa im gleichen Alter wie Laura. Sie kannten sich gut, denn sie hatten sich immer gesehen, wenn Renita mit ihren Kindern Urlaub auf Mallorca machte. Laura war gern mit ihren Vettern und Cousinen zusammen und freute sich schon auf die Ferien.
Sie hatte ein sehr gutes Schulzeugnis bekommen. Fast nur die Noten ‚bien' und ‚notable'. In Mathematik und Sport sogar ‚sobresaliente'.
Als Belohnung fuhren wir am ersten Ferienwochenende zusammen in eine Pension am Strand von Soller. Abends saßen wir zusammen im ‚Sol y Mar' an der Strandpromenade, und ich erzählte ihr, dass ich genau hier vor zwölf Jahren ihrem Vater eröffnet hatte, dass ich ein Kind erwartete. Genauer gesagt, das Mädchen, das später Laura hieß.
„Und, was hat er gesagt?"
„Es waren Freunde mit uns am Strand, und er hat alle am Abend zum Essen drüben im Restaurant seines Onkels eingeladen, um es zu feiern."
Glücklicherweise fragte sie nicht weiter.

Tags drauf genossen wir am Strand das gute Wetter, bummelten durch die Stadt, gingen in unzählige Butiken, kauften Sachen für den Urlaub...

Am Dienstag danach trennten wir uns für fünf Wochen. Laura stieg in ihren Flieger nach Málaga. Ich flog zu Luiza nach Deutschland. Sie arbeitete in der Woche gerade in Rostock.
Über Facebook hatte ich mich bereits bei ihrer Agentur über deren Website ‚www.love-me.de' angemeldet und den Entwurf eines Vertrages mitsamt seitenweise Kleingedrucktem erhalten. Es schien aber alles wirklich so problemlos zu sein wie Luiza vorausgesagt hatte. Sie half mir, die restlichen Formalitäten zu erledigen und begleitete mich schließlich in ein Fotostudio, wo sie mich bereits angemeldet hatte, um Bilder für meinen Internetauftritt zu machen. Sie meinte, meine Selfies, die ich ihr geschickt hatte, seien ungeeignet. Und in der Tat waren ihre im gleichen Studio hergestellten Bilder unvergleichlich viel verführerischer.
Am Sonntag darauf sollte es losgehen. Bis dahin wohnten wir zusammen in ihrem Apartment in Rostock, das sie mit einer unkomplizierten Kollegin von Santo Domingo teilte.
In der nächsten Woche zog sie nach Schwerin, ich nach Lübeck. Luiza hatte vorgeschlagen, dass wir nicht am gleichen Ort arbeiten sollten. Wir waren beide Brasilianerinnen und sahen uns ziemlich äh-

lich. Besser, wir traten nicht in Konkurrenz zu einander. Sie hatte früher einmal mit einer Freundin zusammengearbeitet, aber das hatte schon bald nicht mehr geklappt.

Wenn es der Zufall wollte, dass wir ab und zu an den gleichen Ort kämen, OK. Dann könnten wir uns treffen, einen Tag zusammen bummeln gehen. Aber immer zusammen mit mir in derselben Stadt oder gar in einem gemeinsamen Apartment arbeiten, das wollte sie lieber nicht. Ich glaube es war auch besser so.

Am Sonntag ging es dann in eigener Regie los. Lübeck. Bahnhofsviertel.

Fünf Wochen arbeitete ich an fünf verschiedenen Orten.

Mit einem Überschuss von 3400€ - nach Abzug aller Kosten, Ausgaben und Steuern – und einer Gewichtszunahme von 2,1 kg flog ich zurück auf meine Sonneninsel, deren Name für mich endlich wieder Sinn gab.

*

Woran hatte es gelegen?

Das Gewicht? Wohl weniger. Ich hatte in den letzten Monaten in Palma so viel gearbeitet, hatte so schlecht geschlafen, hatte derartige Sorgen gehabt, dass ich kaum mehr etwas gegessen hatte. Beinahe zehn von meinen vormals wunderschönen und sexy achtundfünfzig Kilo waren mir im letzten Jahr abhanden gekommen.

Der Verdienst? Die Männer hier waren älter und wollten länger bei mir bleiben. Keine brutalen hektischen fünfzehn Minuten zum Discountpreis wie in Spanien. Lieber eine ganze Stunde mit Massage, Streicheln und, soweit sprachlich möglich, anschließendem Plaudern. Dafür zahlten sie dann auch gern einen besseren Preis.

Lag es daran, dass deutsche Männer anders sind als spanische? Oder hatte ich in Spanien nur eine miserable Auswahl kennengelernt – inklusive Mario?

Vielleicht war es die andere Art der Akquisition. Ich war nicht in einem Bordell kaserniert zusammen mit Dutzenden anderer Frauen, die potentielle Freier lediglich an ihren Türen im dämmrigen Flur im Vorbeigehen ansehen und taxieren konnten. Und auch das nicht in Ruhe, da sie die Männer gleich ansprachen und nötigten, in ihr Zimmer zu kommen.

Jetzt dagegen, als Internethure, konnte mich jeder zu Hause in aller Ruhe im Internet betrachten, Informationen über mich lesen. Interessenten konnten ihre Phantasie in Vorstellungen spielen lassen, wie ein Besuch bei mir in meiner privaten Wohnung ablaufen würde. Vielleicht sorgte die Sprachbarriere auch für eine soziale Auswahl: Jeder wusste von vorn herein, ich sprach kein Deutsch, nur Englisch und Spanisch.

Warum auch immer, viele meiner Kunden waren wie private Gäste, und die Mehrzahl behandelte mich auch so. Begrüßten mich unsicher aber freundlich. Klar, auch sie taxierten mich mit ihren Blicken, wenn sie mich zum ersten Mal sahen. Aber eher schüchtern und verlegen. Viele begannen mit Komplimenten, fragten, wie es mir ging. Wenn sie Spanien kannten, wollten sie wissen, wo ich herkam und erzählten von ihren Spanienurlauben.

Vielleicht muss ein Mann die Zeit der Eroberungen hinter sich haben, um eine Frau verstehen zu können. Vielleicht muss sein Testosteronspiegel bereits niedriger und seine Hormone weiblicher geworden sein, um als Mensch zu einem Menschen zu kommen, wenn er eine Frau begehrt.

Natürlich wollen auch dann noch im Grunde alle Männer immer das Eine. Aber eher wie von einer heimlichen Geliebten als von einer für ein paar Minuten gemieteten Prostituierten.

Und da ich mich gut auf die Rolle der Geliebten verstand, gingen sie, die so schüchtern und fremd gekommen waren, fast immer wie froh gestimmte Freunde. Und manch einen empfand ich selbst auch so und bedauerte, ihn nicht wirklich zum Freund zu haben.

„Du schenkst mir für einige Augenblicke die Illusion, ich sei noch einmal jung. Ich wäre in meinem ersten Urlaub mit einer neuen Freundin, die mich liebt", sagte mir einmal ein ziemlich betagter Mann, und ich stellte fest, dass auch ein altes, faltiges Gesicht noch plötzlich ganz rot werden kann.

Kurz: Ich war von einer Prostituierten zum Freudenmädchen mutiert – übrigens ein ganz neues Wort für mich.

Sicher, es gab auch andere, die nur meiner Körpermaße wegen gekommen waren. Die interessierten sich nur für meinen Po, meine Brüste, meine Schenkel und was dazwischen war, grabschten wild an mir herum, hatten ihr kurzes Vergnügen und gingen wieder. Bestimmt erinnerten sie sich danach nicht einmal an mein Parfum, an meine Augenfarbe, wussten nicht, ob ich tätowiert war oder nicht, ob ich Ohrringe trug und wie meine Fingernägel aussahen.
Aber das waren eher die Ausnahmen.

*

Seit ich als Teenager von meinem großen Schwarm enttäuscht worden war, hatte ich das nicht mehr erlebt: Ich war verliebt.
Damals hatte ich jahrelang von einem Jungen der Nachbarschaft geschwärmt. Wir waren beste Freunde, unternahmen viel mit einander, kannten, mochten und vertrauten uns. Aber wir blieben nur Freunde, nicht mehr - so sehr ich es mir wünschte. Dann tauchte eine Schulfreundin von mir auf. Er verliebte sich sofort in sie. Als ich sah, wie die beiden sich heimlich verliebt und innig umschlungen küssten, stürzte eine Welt für mich ein. Ich hab es ihm nicht

übel genommen. Die andere war wirklich sehr sympathisch und vor allem viel schöner als ich. Aber ich brach regelrecht zusammen. Er hat wohl nie erfahren, wie verliebt ich in ihn gewesen war.

Jetzt genau umgekehrt. Er kam als Kunde. Sex war der Beginn unserer Bekanntschaft.

Er war groß, sportlich, sah sehr gut aus, hatte ein gepflegtes Äußeres, war gut gekleidet, benahm sich sehr höflich und respektvoll. Seine Stimme, sein Körper, seine Berührungen, alles gefiel mir an ihm.

Bei seinem ersten Besuch bezahlte er für eine Stunde. Aber er bekam mehr, als er gegen Bezahlung hätte erwarten können. Zusammen berauschten wir uns an unserer gemeinsamen Stunde der Lust. Ich erlebte, was ich seit Jahren trotz meiner vielen Sexualpartner nicht mehr erlebt hatte. Glühendes Magma brach aus scheinbar leblosen Ascheschichten hervor.

Am Ende lagen wir beide, erschöpft und entspannt, schweigend zusammen.

Als die Stunde vorüber war, die er bezahlt hatte, löste er sich von mir, zog sich an, und verschwand, als wäre nichts zwischen uns passiert.

*

3400 € rein netto hatte ich übrig nach gut einem Monat.

Damit ließ sich gut planen.

Das wären 40.000 € in einem Jahr. In zwei Jahren könnte ich mir eine kleine Finca kaufen. So wie ich es mir immer erträumt hatte.

Seit ich zurück war, sah ich Palma mit ganz anderen Augen. Plötzlich war ich ein freier Mensch unter freien Menschen. Ich konnte mir Dinge leisten, die mir vorher verwehrt waren. Brauchte keinen zu bitten. Musste nicht mehr als Sklavin arbeiten.

So hatte ich mir Mallorca vorgestellt, damals, als ich zum ersten Mal von der Fähre aus die Kathedrale aus dem blauen Meer auftauchen sah, die Uferpromenade entlang gebummelt bin und im Kreuzgang von St. Francesco von einem sonnigen Leben auf Mallorca träumte.

Jetzt, schien es mir, war ich endlich angekommen. Konnte planen. Konnte meine Lebensträume verwirklichen. Und, viel schöner als damals: ich war nicht allein. Ich hatte mein Töchterchen, konnte und wollte ihm endlich alles zukommen lassen, was ich ihm bisher nicht hatte geben können.

Voller Dankbarkeit kehrte ich zurück an den Ort meiner ersten stillen Rast. Ohne mir dessen bewusst zu sein, betete ich ein Dankesgebet.

„Mein Kind, Sie haben sich verändert", hörte ich eine gütige Stimme hinter mir.

„Ich hatte mir Sorgen gemacht. Sie sahen so elend aus, die letzten Male, und dann haben Sie sich nicht mehr blicken lassen. Aber ich wusste, Sie würden wiederkommen."

Ich musste mich nicht umsehen. Es tat gut, ihm zuzuhören. Einem Menschen, der mich nicht vergessen und nicht aufgegeben hatte.

„Und nun sind Sie wieder auferstanden. Lassen Sie sich ansehen."

Wie konnte ein fremder Mensch besser wissen und ausdrücken, was in mir vorging als ich selbst?

Froh, ihm zu begegnen, stand ich auf und sah ihm in die Augen.

Ob er, der mich so gut verstand, in meinem Gesicht lesen konnte, auf welche Weise ich mir mein Glück erkauft hatte? Und wenn ja, ob er mich dafür verachtete?

Er ahnte wohl, dass irgendetwas Unerhörtes geschehen sein musste.

„Pater Antonio! Es tut wohl, Ihnen zu begegnen und Ihre Stimme zu hören. Aber ich .."

Ich überlegte, ob ich ihm alles anvertrauen sollte, was mich bewegte. Zögerte einen Augenblick.

Da legte er seinen Finger über seine Lippen.

„Schweigen Sie. Ich sehe, dass Gott Sie auf einen guten Weg geführt hat."

War er töricht oder weise? Er musste meine Furcht erkannt haben. Wusste, dass ich etwas zu verbergen hatte. Dass ich kurz davor gewesen war, mich ihm zu offenbaren.

Er hatte die Absicht für die Tat genommen. Musste nicht wissen, was es war. Sah, dass ich mit mir im Reinen war und hatte, ohne mehr erfahren zu müssen, Absolution erteilt. Seine persönliche Absolution. Freilich außerhalb katholischer Dogmen, aber er wusste sich mit Gott und mit sich selbst einig.

*

Noch ein zweiter Mann wartete auf mich: Bernhard von Führen, der Arzt, der mich nicht operieren wollte. Wir hatten uns vor Lauras Ferien noch ein paarmal getroffen, bevor ich zum Arbeiten nach Deutschland flog. Inzwischen hatte er eine Stelle als Chirurg in einer Frauenklinik in Palma angenommen.
Auch er hatte ein neues Leben begonnen. In der Frauenklinik fühlt es sich endlich als Arzt. Kümmerte sich um Kranke. Sah viel Leid. Und konnte helfen.
Es war etwas anderes, einen Tumor zu entfernen, um eine schwere Krankheit zu heilen und anschließend von seine Fertigkeit als Schönheitschirurg zu profitieren, um den alten natürlichen Zustand wieder herzustellen, als ins gesunde Fleisch zu schneiden, um eitle Wünsche zu erfüllen. Endlich fühlt er sich nicht mehr als Kurpfuscher.

Wie alle hier, glaubte auch er, dass ich irgendwo an der Ostsee in einem Hotel arbeite.
Oder ahnte er etwas? Er hatte mir beiläufig davon erzählt, dass er während seiner Zeit im Centro Medico Internacional oft Freudenmädchen als Patientinnen gehabt hat.

„Bei vielen von ihnen ist die Operation wohl geschäftlich unumgänglich, um noch ein paar letzte Jahre im Geschäft zu bleiben. Da habe ich dann auch Verständnis, und ich empfinde meinen Eingriff beinahe als wäre es die Behandlung einer Berufskrankheit. Einige allerdings sind ganz anders als man sich Huren vorstellt: So freundlich, natürlich jung und hübsch, dass man sich fragt, warum sie ausgerechnet in diesem Gewerbe arbeiten. Die meisten Männer würden sich doch die Finger lecken, wenn sie so ein junges Ding zur Frau bekommen könnten."
War das ein Fingerzeig? Wusste er vielleicht genau, warum ich in Deutschland arbeitete, obwohl ich eine Tochter in Palma hatte? Hatte ich mich durch irgendetwas verraten, ohne es zu ahnen? Er fragte nicht nach.

Wenn ich mit ihm zusammen war, fühlte ich mich wie bei einem vertrauten Freund. Als hätte ich keine Geheimnisse vor ihm.
Die gemeinsamen Stunden waren Inseln der Ruhe in meinem gehetzten Leben. Wie gern hätte ich ihm alles erzählt, was ich glaubte, vor ihm als Geheimnis hüten zu müssen! Aber ich traute mich nicht. Ich fürchtete, dann wäre vielleicht alles zu Ende. Nein. Ich wollte ihn nicht verlieren.
Immer, wenn ich wieder in Palma war, trafen wir uns. Gingen zusammen essen. Machten kleine Ausflüge. Wurden Freunde. Wie früher meine Schulfreunde,

nannte er mich Liza, und ich ihn, wie seine spanischen Kollegen, Bernardo oder einfach Nardo.

Aber es lag ein Schatten über unserer Freundschaft. Ich brauchte die Operation für meine Arbeit. Er sollte nichts davon erfahren. Aber wie sollte das gehen, ohne dass er es merkt?

Noch konnte ich es vermeiden, dass es in unserer Beziehung allzu schnell zu dem kam, wozu es irgendwann zwischen Mann und Frau kommen musste. Nicht aus Taktik wie damals bei Mario. Bernhard sollte meinen Busen vor der Operation nicht sehen und nicht berühren. Vielleicht würde er dann später nicht bemerken, dass er nicht ganz echt ist. Ich wollte ohnehin nur eine sanfte Veränderung. Meine Brüste sollten auch nach der Operation so natürlich wirken wie möglich. So wie bei Luiza.

Bei einer Wanderung auf die *Moleta de s'Esclop* in der Nähe von Antratx erzählte er, dass er begeisterter Bergsteiger sei und dass er bald eine große Gebirgstour in seiner bayerischen Heimat machen werde.

Ich nutzte die Gelegenheit und meldete mich während seiner Reise im Centro Medico Internacional zur Operation an.

Noch etwas, das ich von nun ab vor ihm geheim halten musste... - Aber sicher nicht das Schlimmste.

Vielleicht würde ich in zwei Jahren, wenn ich meine Zeit in Deutschland endgültig hinter mir habe, alles beichten.

*

Einige Wochen nach seinem ersten Besuch tauchte er wieder auf. Endlich. Ich hatte schon befürchtet, er käme nicht noch einmal.
Wieder blieb er für eine Stunde. Verwöhnte mich. Verführte mich. Ich bot ihm Lust statt Dienstleistung. Es gefiel ihm. Wir redeten wenig. Nicht einmal seinen Namen kannte ich. Es schien nicht nötig. Ich wünschte mir, er würde öfter kommen.
Mein Wunsch erfüllte sich. Er kam beinahe jede Woche. Schien mir von Quartier zu Quartier nachzureisen.
Allmählich begannen wir mehr mit einander zu reden. Er sprach von seinem Leben, ich von meinem. Er hatte zwei Söhne, ich erzählte von meiner Tochter.
Eigentlich war er verheiratet. Aber seine Frau hatte ihn vor Kurzem mit einem anderen Mann verlassen.
So ging es einige Zeit. Dann hatte er die Idee, mit mir zu verreisen. Er bot mir 3000€, wenn ich eine Woche mit ihm Urlaub machte. Ein gutes Geschäft und noch dazu ein verlockender Plan. Wir mieteten uns ein Apartment in der Hafencity von Hamburg.
Meine Verliebtheit überstand auch das längere Zusammensein. Es wurde eine Woche voller Abwechslung und Höhepunkten. Von allem etwas: Theaterbesuche, schicke Restaurants, Bootsfahrten, Stadtspaziergänge, Einkaufsbummel, sogar gemeinsames Joggen. Er verwöhnte und behandelte mich wie eine

Prinzessin. Kein Wunder, dass ich mich so glücklich fühlte wie seit der übermütigen Zeit im ‚*O Unicórnio*' nicht mehr.

Die Rückkehr in den Alltag – die Wiederaufnahme meiner Arbeit – war schwer. Zu schwer. Ich machte eine Woche Pause.

Er kann mich nicht wirklich geliebt haben. Sonst hätte er versuchen müssen, zu verhindern, dass ich in meiner Arbeit mit anderen Männern weitermache wie vorher. Aber er meldete sich nicht.

Schweren Herzens verbuchte ich die Hamburgtour in meiner Seele als gewinnbringende Geschäftsreise.

Als wäre nichts gewesen, wollte er mich in der darauf folgenden Woche noch einmal eine Stunde bei mir mieten. Ich lehnte ab.

Danach hörte ich längere Zeit nichts mehr von ihm. Als ich später einmal anrief, meldete sich eine Frauenstimme.

6. Kapitel

Diesmal flog ich gleich von Hamburg nach Granada und holte Laura bei der Familie meiner Schwester ab.
„Wie war es? Hast du gut verdient? Willst du weiter machen?", fragten mich alle.
„Hast du Bilder von dem Hotel?"
Ich zeigte Fotos von einem Strandhotel in Travemünde, das ich noch nie betreten hatte.
„Ich würde schon gern dort weiterarbeiten. Ich kann jederzeit wieder anfangen."
„Dann tu es. Wenigstens in den Schulferien. Laura ist uns stets willkommen. Sie ist so ein liebes Mädchen."

Nur in den Ferien, das würde nicht reichen. Zwei Jahre lang je zehn Monate. Dann wäre ich durch, so rechnete ich.
Laura könnte auf ein Internat. Das wäre allerdings nicht billig. Dann würde es vielleicht ein Jahr länger dauern.
Das letzte Wochenende der Ferien verbrachten Laura und ich wie das erste zu Ferienbeginn in Soller. In derselben Pension. Abendessen im selben Restaurant.
Familienkonferenz zu zweit.
Ich erzählte ihr von den guten Verdienstmöglichkeiten, von meinen Zukunftsplänen, von der gemeinsa-

men Finca in zwei oder drei Jahren, und sie war ganz begeistert.

„Ich bin doch alt genug, eine Weile allein zu sein. Du warst doch auch sonst fast immer weg, um zu arbeiten. Ob das nun in Palma ist oder in Deutschland. Zwei Flugstunden, was ist das denn schon. Ich könnte dich ja auch mal da besuchen. Würde mich interessieren, wie du da lebst."

Ich erschrak. Aber warum nicht? Wir würden eine Woche zusammen Urlaub an der Ostsee machen. Oder in Hamburg, wenn es ihr lieber wäre.

„Gute Idee", sagte ich nur.

Aber ich ging zunächst nicht weiter auf ihren Vorschlag ein und wechselte das Thema.

„Ich habe mich übrigens informiert: Ich könnte dich auch im Internat hier in Soller anmelden", schlug ich vor. „Sollen wir es uns gleich einmal ansehen?"

„Ich will zu Hause bleiben. In unserer Wohnung. In meiner Schule. Bei meinen Klassenkameradinnen. Außerdem hab ich doch Consuelo und ihre Familie, wenn was ist. Ab und zu könntest du ja für eine Woche oder zwei nach Hause kommen. Aber du müsstest jeden Tag anrufen. Ginge das?"

Zwei Wochen nach Schulbeginn brachte mich Laura zum Flughafen.

„Bis bald!"

„Wirst du mich auch nicht vermissen?", fragte ich und merkte, dass umgekehrt ich es war, der es schwer fiel, mich von ihr zu trennen.

„Wenn ich es ohne dich nicht schaffe und du zurückkommen musst, werde ich es dir schon sagen. Denk an unsere Finca!"
Die Finca war zum gemeinsamen Projekt für uns beide geworden. Ein schönes Gefühl.
Was war sie doch für ein großartiges Mädchen!

*

Für mich begann der neue Alltag. Zwei Jahre, so rechnete ich, würde ich noch als Wanderarbeiterin hinter mich bringen müssen. Flensburg, Kiel, Husum, Neumünster, Rendsburg, Lübeck, Schwerin, Rostock, Itzehoe und wieder Flensburg, Neumünster…
Ein wenig graute mir davor. Vor allem vor der Einsamkeit. Zwar klingelte pausenlos das Telefon, und ich hatte täglich viele Besucher. Aber sie besuchten nicht mich. Kannten mich ja überhaupt nicht. Bekamen, was sie suchten und verschwanden wieder in der Anonymität.
Danach war ich wieder allein in meinem Ein-Mann-Unternehmen und wartete auf weitere Fremde.
Immer dasselbe: Es klingelte. Ich ließ mich von lüsternen Blicken taxieren. Nahm das Geld. Ließ mich von fremden Händen betasten. Bot dafür meinen Körper in allen verlangten Stellungen. Meist wussten sie genau, was sie wollten, suchten und bekamen es. Fertig.

Dabei waren die meisten nicht einmal abstoßend. Waren vielleicht einsam. Ohne Partnerin. Taten mir beinahe leid. Ich versuchte, mich in sie hinein zu versetzen. Irgendwie konnte ich sie sogar verstehen, und ich führte sie behutsam in ihr sexuelles Vergnügen. Half ihnen, wenn es nicht von allein klappte. Verwöhnte sie.
Hätte ich mir umgekehrt auch gefallen lassen.
Aber auch das kam vor: Junge Kerle im Potenzwahn, die sich einbildeten, mich sexuell besiegen zu können, glaubten, dass ihre Männlichkeit Eindruck machte, mich erregte. Bildeten sich ein, mich zum Orgasmus zu bringen. Triumphierten, wenn ich ihnen ihren Erfolg vorgaukelte, und vollendeten ihre Lust mit stolzgeschwellter Brust. Meist nicht nur einmal. Weiß gar nicht, warum sie sich nicht in freier Wildbahn holten, was sie brauchten.
Einige kamen wieder. Oft mit kleinen Geschenken. Dann war die Begegnung intimer. Menschlicher. Sie kamen dann wirklich zu *mir*. Kannten mich ja schon. Und ich sie. Wusste schon ein wenig, was ihnen gefiel. Dann fühlte ich mich wie eine Therapeutin. Für Körper und Seele. War es ja auch wohl. Und wie eine solche kam ich ihnen näher. Doch ohne den notwendigen inneren Abstand aufzugeben. Liebevolle Unverbindlichkeit. Ein Erfolgsrezept.
Bisweilen verliebte sich ein Mann in mich. Das ging gar nicht. Unweigerlich wollte er mich dann für sich allein haben. Ich musste ihn abweisen.

Wäre es eine Reisebekanntschaft gewesen, warum nicht? Vielleicht wäre ich darauf eingegangen. Auch ich war einsam. Ohne Freunde hier in Deutschland. Hätte nur zu gern meine Seele an ihrer Liebe gewärmt.

Aber dazu kam es nicht. Ich ließ es nicht zu. Konnte mich nicht unbefangen einlassen. Hinter jedem Flirt sah ich den Mann und wusste: Auch er war letztlich durch seine Hormone gesteuert. So wie ich früher. Das, was ich damals bei meinen ersten Abenteuern in Brasilien von den Männern wollte, hätte ich bekommen können. Eine schnelle, vielleicht gar vergnügliche Nacht. Aber es wäre mir heute nicht genug gewesen. Und mehr konnte ich mir in meinem Beruf nicht leisten.

Vielleicht danach? Wenn ich für immer aufgehört habe mit dieser Arbeit? Ich sehnte mich so sehr nach menschlicher Nähe. Sehnte mich danach, mit einem Mann glücklich zu sein. Vielleicht gar noch einmal eine Familie gründen. Etwa mit Bernhard?

Aber ich wollte dann nicht in einem Lügenmärchen leben. Ob es überhaupt jemanden geben würde, der mich so nähme, wie ich wirklich war und gewesen bin?

Oder war es zu spät - die Hypothek meiner Vergangenheit zu hoch?

Zwei Jahre noch...

Augen zu und durch. Hauptsache, ich überstehe die Zeit gesund. Ohne Gewalttäter. Habe Selbstverteidi-

gung gelernt. Immer ein Messer und einen Pfefferspray griffbereit. Aber trotzdem – wer weiß?
Und danach?
Vielleicht doch keine Finca auf dem Lande.
Lieber eine eigene Boutique? Oder Teilhaberin bei meiner früheren Chefin. Sie will erweitern. Hat so etwas angedeutet.
Oder besser an einem neuen Ort? In Granada, wo ich vom Schutz der untadeligen Familie meiner Schwester als Familienmitglied und von meinem guten Verhältnis zu ihr und ihren Kindern profitieren und meine Vergangenheit abschütteln könnte. Vielleicht würde ich dann einen neuen Partner finden?
Am Ende gar Bernhard?

*

Anruf Renita. Mutter war krank. Schwer krank. Krebs. Fortgeschrittenes Stadium.
Sofort flog ich hin.
Schließlich war es meine Mutter. Was auch immer gewesen war.
Wir hatten uns nie ausgesprochen. Nie geklärt, warum sie mich mit so bösen Worten hatte ziehen lassen, mir bei meinem Auszug die Tür ihres Hauses mit ihren Beschimpfungen von vornherein für immer versperrt hatte.

Mutter war zum Bahnhof gekommen, um mich abzuholen.
Sie wohnte in einer eigenen Wohnung. Gemeinsam fuhren wir dort hin. Winzig, bescheiden und gepflegt. Ich legte nur schnell mein Gepäck ab, und dann gingen wir zu unserem Haus. Ganz langsam, denn die Krankheit machte ihr sehr zu schaffen.
Die kleine Straße war jetzt asphaltiert. Aber immer noch war sie staubig. Erde und Blätter bedeckten den festen Grund. Die neue Generation von Hunden auf der Straße kannte mich nicht. Beachteten mich nicht. Lagen träge in der Sonne wie eh und je. Blinzelten schläfrig zu uns hin. Hoben nicht einmal den Kopf.
Wie damals quollen die Mülleimer über. Mein kundiger Blick entdeckte Flaschen und Bierdosen, die Geld gebracht hätten. Sollte ich den spielenden Kindern einen Tipp geben?
Und dann endlich das Haus. Es war dunkler als ich es in Erinnerung hatte. Hatte die Farbe des Staubes angenommen, der sich in die Poren der unverputzten Mauersteine gelegt hatte.
Das Brachland an der Seite, in dem ich gespielt und zusammen mit der kleinen Renata Zuflucht gesucht hatte, war einem Wohnblock mit drei Etagen gewichen. Im Erdgeschoss ein kleiner ‚extra supermercado' der GPA-Kette.

Meine Mutter führte mich in unser Haus. Innen hatte sich nur wenig geändert. Nur eben keine Kinderbetten mehr, dafür in mehreren Zimmern Fernsehen. Das Wohnzimmer geblieben wie damals. Selbst der Schrank, in dem Mutter das Haushaltgeld aufbewahrt hatte, stand noch an seinem Platz.

Meine Mutter war seit langem ausgezogen. Schon bevor ihr Mann zurückgekommen war. Sie wohnte ganz in der Nähe. Doch ihre Familie war nach wie vor ihr Leben. Niemals hätte sie sie im Stich gelassen.

Bis auf João wohnten noch alle Brüder im Haus und ließen sich von meiner Mutter versorgen. Auch der kranke Vater war wieder eingezogen. Sie waren allesamt nicht im Stande, das Haus in Ordnung zu halten.

Die beiden Schwestern, die in Brasilien geblieben waren, hatten geheiratet. Sie lebten bei ihren Familien. Eine in Brasilia, eine in Belo Horizonte.

Außer dem Vater war niemand zu Hause. Die Brüder arbeiteten wohl.

Keine von uns beiden hatte Lust, die ersten Momente unseres Zusammenseins mit meinem Vater zu verbringen.

Zurück in ihrer Wohnung, musste sie sich erst einmal ausruhen. Vor Aufregung hatte sie in der Nacht vor meiner Ankunft kaum geschlafen. Sie war früh aufgestanden. Vermutlich hatte sie im Haus noch alles so weit in Ordnung gebracht, dass sie es ihrer Tochter zeigen konnte, ohne sich zu schämen. Nun war die Anspannung von ihr abgefallen, und sie schlief sofort ein.

*

Vom Telefongespräch mit Renita her kannte ich die Diagnose und die Heilungsaussichten. Es sah nicht gut aus. Arme Mama.
Aber sie wahrte die Fassade. Wollte uns schonen. Sprach von Operation und Therapie. Vielleicht glaubte sie selbst ein wenig daran.
„Die Ärzte werden es schon richtig machen. Sie werden mich noch ein Weilchen am Leben halten."
Was sollte ich darauf sagen?
Ich schwieg und nahm ihre Hand.
„Zunächst wollen wir einmal unser Wiedersehen feiern."
Sie zwang sich zu einem zuversichtlichen Lächeln.
„…und uns eine schöne Zeit zusammen machen", fuhr sie fort.
„Ich weiß so wenig von dir. Die paar Male, die ich dich in Mallorca besucht habe, waren viel zu kurz. Und du musstest ja auch dauernd arbeiten. Wie alt war Laura damals? Das erste Mal etwa ein Jahr. Oder mehr? Jedenfalls warst Du noch mit deinem Mann zusammen."
„Und dann noch einmal, als sie acht war."
„Richtig. Wir sind zusammen in eine Kirche gegangen. Du hast mich in einen Klosterhof geführt. Ja, ich erinnere mich. Du hast mich einem Pater vorgestellt. Vielleicht sollten wir am Sonntag hier auch wieder einmal

zusammen in unsere Kirche gehen. Wie früher. Weißt du noch?"

„Zur heiligen Messe?"

„Natürlich. Vielleicht willst du ja auch beichten. Du hast mir in Palma gesagt, dass du das nicht mehr tust. Aber jetzt, wo du wieder heimgekommen bist? Das wäre doch ein Anlass."

„Ich weiß nicht. - Das überlasse ich lieber dir."

„Ich habe nicht mehr viel zu beichten. Damals, als ich dich hatte gehen lassen und später, als ich deinen Vater verließ – ich glaube, das hatte Gott nicht gefallen. Aber später, wenn ich im Supermarkt ein paar Dinge hinausgeschmuggelt hatte, ohne sie zu bezahlen, oder wenn ich in der Nachbarschaft erzählte, du seiest glücklich verheiratet… , damit würde sich der Herrgott gewiss nicht lange aufhalten wollen."

Am Abend trafen wir uns mit meinem Vater und meinen Brüdern im Haus.

Mein Vater war ziemlich krank: Zucker, Bluthochdruck, Rheuma. Mutter meinte, dass sich darüber hinaus die ersten Anzeichen von Demenz zeigten.

Aber er klagte nicht. Er war friedlich geworden. Half bei der Instandhaltung des Hauses, machte hier und dort kleine Reparaturen, behob Undichtigkeiten im Dach. Einmal im Monat ging er zum Stammtisch seiner früheren Kollegen und kam betrunken nach Hause – wenn er nicht wegen seines allzu hohen Alkoholspiegels vorsichtshalber gebracht wurde. Ansonsten hielt sich sein Alkoholkonsum in Grenzen. Auch nahm er keine Drogen mehr. Wie hätte er sie auch bezahlen sollen?

Außer João hatte keiner von meinen Brüdern den Absprung geschafft. Nach seiner Verhaftung hatte der sich nicht wieder blicken lassen. Wenn es stimmte, was Vater sagte, verdiente er jetzt ganz gut als Lkw-Fahrer. Irgendwo im Süden.

Die anderen hatten kleine Jobs in der Nähe und konnten sich damit über Wasser halten. Am besten ging es Jamiro, der im Supermarkt nebenan Arbeit gefunden hatte.

Alle bewunderten mich und beneideten mich um mein Leben und meine Arbeit in Europa. Sie merkten, dass es mir gut ging.

Keiner ahnte, was es für eine Arbeit war, mit der ich mir meinen Wohlstand erkaufte!

Zunächst waren sie mir alle ein wenig fremd. Ich wurde neugierig betrachtet und ausgefragt wie eine Fremde. So, als ob ich nicht zur Familie gehörte.

Wir hatten uns alle sehr verändert. Aber es dauerte nicht lange, und wir erinnerten uns an gemeinsame Erlebnisse aus unserer Kindheit.

„Weißt du noch, wie wir damals Flaschen gesammelt haben?"

„Und sie an der Kreuzung verkauft haben?"

„Wie du fast entführt worden bist?"

„Kann sich noch jemand an unser altes Haus an der Bahn erinnern?"

...
Die Familie hatte uns wieder. Jeder erzählte von seinem Leben, der eine mehr, der andere weniger.
Sogar Mutter mischte sich temperamentvoll ein, erzählte uns, was wir als kleine Kinder alles ausgefressen haben, welche Sorgen sie sich gemacht, wie sie uns überwacht hat, ob wir wirklich zur Schule gingen und nicht heimlich schwänzten, mit welchen Tricks sie uns dazu gebracht hat, unsere Schularbeiten zu machen, abzuwaschen oder Gartenarbeit zu erledigen.
Nur Vater blieb schweigsam. Nicht abweisend oder verschlossen, einfach nur alt und matt. Er half, wenn es ging, weiter, wenn er nach etwas gefragt wurde, das wir nicht mehr so genau wussten. Aber lieber hörte er nur zu.
Als wir in Mutters Wohnung zurückkamen, waren wir beide noch ganz aufgedreht. Glücklich und aufgewühlt von dem Erlebnis, dass wir eine richtige Familie waren und so viel gemeinsam erlebt hatten. Bis tief in die Nacht hinein redeten wir. Nur ein Thema blieb ausgespart: Mein Weggang von der Familie.
„Ich möchte Dich noch etwas fragen", fing sie noch einmal an, als wir zu Bett gehen wollten, „aber das geht nur, wenn das Licht aus ist und wir ganz nahe zusammen sind."
Ich ahnte, worauf sie hinaus wollte.
„Komm für diese Nacht zu mir in mein Bett, als wärest du noch mein Baby. Dann geht es leichter."

*

Als ich mich zu ihr legte, schlief sie. Nur kurz wachte sie auf und legte ihren Arm um mich.

„Schön ist das so. Lass uns schlafen. Das andere hat Zeit."

Auch die nächste Nacht schlief ich bei ihr.

Der Sonntag rückte näher, an dem wir zusammen in zur Messe gehen wollten.

„Wir sind uns so nahe. Aber es liegt etwas zwischen uns, das uns trennt. In all den Jahren habe ich es als schwere Last mit mir herumgetragen. Mein Beichtvater riet mir, es nun endlich anzusprechen."

„Bei Licht oder soll ich die Lampe ausmachen?"

„Nein lass. Es ist nicht mehr nötig."

Ich fürchtete, sie habe erfahren oder gespürt, was für ein Leben ich führte. Hatte ich mich irgendwann, ohne es zu ahnen verraten? Und wenn sie fragte, sollte ich es zugeben? Sollte ich die letzten Wochen ihres Lebens mit einem Wissen vergiften, das sie schwer belasten würde? Ihre Tochter eine Hure, eine Sünderin, der Hölle geweiht? Es wäre aus zwischen uns. Niemals würde es ihr danach mehr in den Sinn kommen, mit mir in einem Bett zu liegen. Vermutlich wäre es das Beste, dann sofort abzureisen, um ihr meinen Anblick zu ersparen.

Ich zog es jetzt doch vor, das Licht zu löschen.

„Bevor ich beichte, muss ich mit dir reden", begann sie. „Ich möchte Klarheit haben."

„Klarheit? Worüber Klarheit?"

„Wie war es wirklich, als du damals im Streit von uns gegangen bist. Ich möchte wissen, ob es meine Schuld war. Ob ich es hätte vermeiden können. Ob ich eine schwere Sünde auf mich geladen habe, dich mit Verwünschungen fortzuschicken."
Das war es also. Ich fühlte mich erlöst.
Ich hätte sie trösten können. Sagen, dass von mir damals alles nur erfunden gewesen war. Sie zum Trost zu belügen, schaffte ich aber nicht. Wollte ich auch nicht. Ich wollte mich in ihren Augen nicht schlecht machen. Dazu war ich zu stolz. Vermutlich hätte sie mir auch nicht geglaubt.
„Ach Mutter, lass gut sein. Das ist so lange her. Zerbrech dir darüber nicht den Kopf. Du siehst doch, ich habe es gut überstanden. Wer weiß, wie es mir sonst ergangen wäre!"
„Du weichst aus. Also bist du mir immer noch böse. Hast mir nicht verziehen."
„Doch, Mutter. Sicher habe ich dir verziehen. Seit Jahren schon. Wäre ich sonst hier?"
„War es mein Fehler, damals?"
„João war es. Vor ihm, nicht vor dir bin ich geflohen. Musste ich fliehen. Er hatte mich vergewaltigen wollen. Lag auf mir. Hatte es fast geschafft. Nur der Stoß mit dem Messer hat mich gerettet."
„Ich habe dir nicht geglaubt, damals. Dachte, ihr hattet Streit. Wegen irgendetwas. Weiß der Kuckuck, warum. Und du bist ausgerastet. Habe dich wegen deiner Lügenmärchen verflucht.

Dass mein Sohn seine kleine Schwester missbraucht? João? Mein eigener, geliebter Sohn? Ich konnte es nicht glauben. Hielt es für eine böse Verleumdung. Wollte es wohl auch nicht wahrhaben. Bis heute nicht."

Sie sank in sich zusammen. Fing an zu heulen.

„Erst viel später. Als das mit dem Nachbarmädchen passiert war, kamen mir Zweifel."

„Es war vielleicht besser so. Du weißt, mein Schutzengel hat sich damals meiner angenommen. Es ist mir besser ergangen als euch allen. Bis heute weiß ich nicht, wodurch ich das verdient hatte."

Ein wenig beruhigte sie sich.

„Also war João der gefallene Engel. Nicht du. Nur wusste ich es nicht. Aber es war mein Fehler, damals. Morgen werde ich es beichten."

*

Mit dem Taxi fuhren wir bis zum Anfang des Kreuzweges. Schritt für Schritt ging Mutter mit mir den Hügel hinauf. An jedem Stationshäuschen blieb sie stehen, bekreuzigte sich, betete und verschnaufte sich ein wenig.

Dann lag sie vor uns: Die wunderschöne, Wallfahrtskirche ‚Santuário do Bom Jesus de Matosinhos' mit den zwei von riesigen Engelsfiguren gekrönten Türmen. Zwischen ihnen die breite, barocke Eingangsfront und die große, von zwölf riesigen Apostelstatuen umgebene Freitreppe.

Schon von weitem hatte ich sie wiedererkannt. Unzählige Male war ich mit meiner Mutter sonntags hier gewesen.

Die letzten Schritte und die Freitreppe zum Kircheneingang nahm sie meinen Arm.

Wir waren sehr früh und setzten uns in den Schatten der geliebten Wallfahrtskirche. Ich hatte sie größer in Erinnerung. Aber nicht so schön. Nicht so gut restauriert.

Viele der Kirchgänger kamen auf uns zu, begrüßten meine Mutter und erkundigten sich nach ihrem Gesundheitszustand. Und als sie erfuhren, wer ich war, schauten sie mich an.

„Das also ist die kleine Lissi! Doch, wenn ich sie genau betrachte, ein wenig meine ich sie jetzt auch wiederzuerkennen."

Fragen über Fragen. Wo ich so lange gesteckt habe, Ob ich jetzt für immer zurück sei, wie lange ich denn bliebe, ob ich unsere Straße überhaupt wiedererkannt habe, ob ich die Schule schon gesehen habe, die man abgerissen und ganz neu gebaut habe und die ganz groß ausgebaute Universität ....

Es war die erste Messe seit meiner Kindheit. An der Seite meiner gläubigen Mutter war die Messe ungeheuer eindrucksvoll. Alles schien harmonisch, ergrei-

fend und heilig. Ich erlebte sie, als wäre ich selbst gläubig wie ein kleines Kind geworden.
Zur Beichte musste meine Mutter dennoch allein gehen. Sie hatte Angst. Ich wusste, ich hatte sie nicht beruhigen können. Sie fürchtete, ihr Beichtvater werde ihren damaligen Fehler als Versagen und Sünde auslegen. Das würde eine schwere Belastung für ihre letzten Tage auf Erden sein.
Aber sichtlich getröstet kam sie zurück.

*

Die Tage vergingen rasend schnell. Sie waren erfüllt von intensiven Gesprächen. Wir kamen uns so nahe, dass wir keine Geheimnisse mehr vor einander hatten. Lediglich mein Gewerbe verschwieg ich ihr.
Ich erzählte ihr von Bernhard. Nicht alles natürlich. Aber von meinen Zweifeln, ob ich jemals wieder mit einem Mann zusammenleben könnte und wollte.
„Natürlich wirst du nicht den Rest Deines Lebens verliebt sein. So etwas gibt es nicht."
„Ich weiß. Aber .."
„Bleib nicht allein. Natürlich wirst du deine Freiheit vermissen. Wirst nicht mehr tun und lassen können, was du gerade willst. Das ist mir auch so gegangen. Aber ohne Partner vereinsamst du. Das macht alt und verbittert. Ich hab es erlebt.
Mein neuer Freund war nicht ideal. Aber er war mein Partner. Wenn ich durch das Dorf ging, wurde ich

nicht mehr mitleidig als allein lebende Frau gesehen. Und die Männer schauten mich nicht mehr so an, als ob ich leicht zu haben wäre. Begegneten mir mit mehr Achtung."
Sie machte eine Pause.
„So jedenfalls hab ich es empfunden."

Die letzte Woche fuhren wir zusammen an die See. Seit ihrer Hochzeitsreise war es das erste Mal, dass sie einen solchen Urlaub machten durfte.
Wir wussten, es war unser Abschied für immer.
Am letzten Tag vor meinem Abflug gingen wir noch einmal zu Messe. Als die Glocken der Kirche läuteten, hatten sie eine andere Bedeutung bekommen. Vor kurzem noch waren es heitere Glockenschläge gewesen, die mir fröhlich ihr Willkommen in der Heimat zuriefen. Jetzt waren es die Glocken, die den Trauerzug meiner Mutter begleiten würden.

Sie hat nicht mehr lange durchgehalten. Hat sich nach meinem Besuch nicht mehr gewehrt und ihr Schicksal angenommen, wie sie es zeitlebens getan hat. Arme Mutter!

*

Ich hatte es zu vermeiden versucht. Ihn gebeten, mich nicht in Deutschland zu besuchen.
Dann kam die SMS.

„Ich bin in Lübeck. Chirurgenkongress. Wo kann ich dich treffen? Bernhard."
Ich rief ihn sofort an.
„Wie lange bleibst du?"
„Sonntag fliege ich zurück."
„Dann haben wir nur heute. Für das Wochenende kann ich unmöglich frei bekommen."
„Wo ist denn dein Hotel?"
„Weit weg. In der Nähe von Rostock."
„Ich könnte hinkommen.
„Nein, ich komme nach Lübeck. Ist mir lieber so."
Eine Stunde später saß ich im Zug.
Ich log ihm das Märchen vom Aschenputtel vor, das als Zimmermädchen den reichen Herrschaften diente. Er schien mir zu glauben.
Wir fuhren hinaus nach Travemünde. Gingen an den Strand. Ich wagte es, einen Bikini zu tragen. Ihm fiel nichts auf. Kein Wunder. BH-geformt war kein Unterschied zu früher zu sehen.
„Und du wolltest dich operieren lassen?", scherzte er. Dann flüsterte er mir ins Ohr: „Ich würde dich auch so nehmen."
War das ein Antrag?

*

Nach Bernhards Besuch in Lübeck begann ich, mein bisheriges Leben aufzuschreiben.

Genau so wie es gewesen ist.

Oder wie ich meine, dass es gewesen sei.

Noch zwei Jahre ...

Ende

In der Reihe ‚Bordesholmer Edition' erschienen:
Stand: Dezember 2016

Bd. 1: Das Grab auf der Insel
Der erste Bordesholmkrimi
von Jürgen Baasch, Lydia Glaubke, Charlotte Günther,
Ines Reich und Hartmut Wiedling
ISBN 978-3-8448-0006-7   172 Seiten   Preis 9,90€

Bd. 2: De Borsholmer Jedemann
Hugo v. Hofmannsthal sien Stück,
in`t Plattdüütsche sett vun Jürgen Baasch
ISBN 978-3848-21806-6   128 Seiten   Preis 8,90€

Bd. 3: Das Licht
und andere Erzählungen
von Jürgen Baasch, Kirsten Frahm,
Viktor Vogt und Hartmut Wiedling
ISBN 978-3848-22711-2   136 Seiten   Preis 8,90€

Bd. 4: Krimidinner
Kriminalroman
von Hartmut Wiedling
ISBN 978-3848-21971-1   260 Seiten   Preis 14,90€

Bd. 5: Schmalsteder Beifang
Der zweite Bordesholmkrimi
von Jürgen Baasch, Silvia Biener, Charlotte Günther,
Diana Kühl und Hartmut Wiedling
ISBN 978-3-8482-2419-7   164 Seiten   Preis 9,90€

Bd. 6: Murmelspiel und Schabernack
Alltagsgeschichten aus unserer Nachkriegskinderzeit
Biografische Reihe, Hrsg. Jürgen Baasch
ISBN 978-3848241415   168 Seiten   Preis 10,90€

Bd. 7: Biografische Splitter
Biografische Reihe, Hrsg. Elmer Schmidt und Jürgen Baasch
Erzählungen
ISBN 978-3-7322-3098-3   138 Seiten   Preis 9,90€

Bd. 8: Doppelbilder - Vier Paare, acht Geschichten und ein Gastspiel
9 Erzählungen
von Hartmut Wiedling
ISBN 978-3842-34211-8   136 Seiten   Preis 8,90€

Bd. 9: Ein Haus wird Hundert
Geschichten zur Geschichte
von Franz Rohwer
ISBN 978-3732-25457-6   88 Seiten   Preis 8,50€

Bd. 10: Lotosblüte
Der dritte Bordesholmkrimi
von Jürgen Baasch, Kirsten Frahm, Charlotte Günther,
und Hartmut Wiedling
ISBN 978-3732-28658-4   176 Seiten   Preis 9,90€

Bd. 11: Rezepte für die faule Hausfrau
Kleines Kochbüchlein ohne Anspruch auf Michelinsterne
von Durannimo von der Wied
ISBN 978-3732-28628-7   52 Seiten   Preis 4,50€

Bd. 12: Letztes Jahr
Satirischer Endzeitroman
von Hartmut Wiedling
ISBN 978-3-7322-8940-0   156 Seiten   Preis 9,90€

Bd. 13: Krimiwanderungen
Auf den Spuren der Bordesholmkrimis
von Jürgen Baasch, Kirsten Frahm, Charlotte Günther,
und Hartmut Wiedling
ISBN 978-3-7357-5979-5   52 Seiten   Preis 4,90€

Bd. 14: Wenn Papa lange wegfährt
Ein Bilderbuch für Kinder
Von Kristina Dohrn
ISBN 978-3-7357-2308-6   24 Seiten   Preis 13,90€

Bd. 15: Odile
Erzählung
von Hartmut Wiedling
ISBN 978-3-7357-1940-9   84 Seiten   Preis 7,90€

Bd. 16: Klosterbrut
Gesellschaftspolitischer Zukunftsroman
von Hartmut Wiedling
ISBN 978-3-8370-8979-0   208 Seiten   Preis 10,90€

Bd. 17: Die Seminaristin
Der vierte Bordesholmkrimi
von Jürgen Baasch, Kirsten Frahm, Charlotte Günther,
und Hartmut Wiedling
ISBN 978-3-7357-7074-5   184 Seiten   Preis 9,90€

Bd. 18: Lichtungen
Gedichte und Kurzgeschichten
Von Martin Schmusch
ISBN 978-3-7347-5811-9   92 Seiten   Preis 7,90€

Bd. 19: Nordlicht
Heimatgeschichten
Biografische Reihe
Herausgegeben von Jürgen Baasch
ISBN 978-3-7357-7572-6 180 Seiten Preis 9.90€

Bd. 20: Vier Männer
Tragikomisches Bühnenstück
von Hartmut Wiedling
ISBN 978-3-7392-2747-4 78 Seiten Preis 5,90€

Bd. 21: Von Mensch & Tier, Musikern und Gottesdienern
77 Limericks von Michael Struck
77 Bildericks von Dieter Stolte
ISBN 978-3-7375-1943-4 78 Seiten Preis 9,90€

Bd. 22: Spiegelbilder
Heiner Volkers, Hrsg.
Stegner in Schleswig Holstein
ISBN 978-3-00-050146-3 303 Seiten Preis 14,90€

Bd. 23: Halleluja Sakra
Das Muthenberger Missgeschick mit den Gebeinen
Eine historische Mühbrooker Heimatgeschichte
von Detlef Tanneberger
ISBN 978-3-7357-5643-5 236 Seiten Preis 11,95€

Bd. 24: Giftwasser
Der fünfte Bordesholmkrimi
von Jürgen Baasch, Elmer Schmidt und Henning Thomsen
ISBN 978-3-7392-0249 208 Seiten Preis 9,90€

Bd. 25: Menschen und Märkte
Texte von 10 Autoren aus Bordesholm und Umgebung
Herausgegeben von Jürgen Baasch
ISBN 978-3-7393-4090 280 Seiten Preis 10,99€

Bd. 26: Die Limerick-Landkarte
Schleswig-Holstein mal anders bereisen
Thorsten Schönberg, 58 Limericks und ihre Standorte
ISBN 978-3-8423-6959-7 124 Seiten Preis 11,50€

Bd. 27: Bombenstimmung
Der fünfte Bordesholmkrimi
von Jürgen Baasch, Elmer Schmidt und Henning Thomsen
ISBN 978-3-7431-1919-2 192 Seiten Preis 9.90€

Bd. 28: Lisbeth – Ein Frauenschicksal
Autobiografischer Roman
Von Liza Olivia del Bosco
ISBN 978-3-7431-3759-2 196 Seiten Preis 14,95€

Bd. 29: Rezepte für den faulen Hausmann
Vorschläge für gelungene Einladungen
Herausgegeben von Jürgen Baasch und Hartmut Wiedling
ISBN 978-3-7431-4072-1 52 Seiten Preis 4,50€

Bordesholmer Edition
Eine Reihe für Autoren von Bordesholm und Umgebung
Deutsche Übersetzung: Carolina Gomez
Herausgeber: J. Baasch und H. Wiedling
Bordesholmer.edition@yahoo.de

Herstellung und Verlag:
BoD - Books on Demand, Norderstedt
ISBN 9783743137592